Neues aus Klios Archiven

Für ... immer noch dieselbe

Astrid Rußmann

Neues aus Klios Archiven

Historische Kurzgeschichten

Die Deutsche Nationalbibliothek verzeichnet diese Publikation in der Deutschen Nationalbibliografie; detaillierte bibliografische Daten sind im Internet über http://dnb.dnb.de abrufbar.

© 2017 Astrid Rußmann
Lektorat: Sandra Schindler
Cover: The Massacre of Glencoe (Ausschnitt),
James Hamilton, 1883 – 86, Kelvingrove Museum, Glasgow

Herstellung und Verlag: BoD – Books on Demand, Norderstedt

ISBN:9-783744-837750

Qindie steht für qualitativ hochwertige Indie-Publikationen. Achten Sie also künftig auf das Qindie-Siegel! Für weitere Informationen, News und Veranstaltungen besuchen Sie unsere Website: http://www.qindie.de/

Auch dieses Buch ist um der Lesbarkeit willen in unreformierter Rechtschreibung verfaßt.

Inhaltsverzeichnis

1310 v. Chr. – Ein Pharao ohne Bedeutung

Lord Carnarvon zu Howard Carter:
„Können Sie etwas sehen?"

Howard Carter zu Lord Carnavon:
„Ja, wunderbare Dinge!"

Aus dem Papyrusdickicht am östlichen Ufer, hinter dem sich die Tempelanlagen von Waset[1] erhoben, stoben Hunderte heiliger Ibisse auf. Am Himmel formierten sie sich zum Schwarm und kamen über den Fluß nach Westen herüber. Laut schreiend flogen die Vögel über Nefer-renpet hinweg, dorthin, wo Gott Re gerade dabei war, die kupferroten Pforten des Totenreiches zu durch-schreiten. Auf einer Fischerbarke holte eine Handvoll Männer ihre Netze ein. Und nicht weit von der Stelle, an der Neferrenpet in seinem Boot saß, mit dem Ho-rusauge an seiner Halskette spielte und dabei Gebete sang, glitt ein riesiges Krokodil aus dem Ufersumpf hinab in die schlammige Strömung des Nils.

---

[1] ägyptischer Name von Theben

7

Kurz führte Neferrenpet das Amulett aus blauem Türkis an die Lippen und schloß die Lider. Das Horusauge trug er schon sehr lange. Er hatte es bei seinem allerersten Raubzug erbeutet, und es war ihm teuer. Nur selten legte er es ab, denn es sollte ihn vor den Geistern der geplünderten Toten beschützen, von denen bekannt war, daß sie Männer wie ihn verfolgten und vernichteten. Er öffnete die Augen wieder, schlug mit der Hand nach den Mücken, die ihn umkreisten, und sah hinaus aufs Wasser. Das Krokodil schwamm völlig lautlos durch den Fluß. Man hätte es für ein Stück Treibholz halten können, wenn es sich nicht gegen die Fließrichtung bewegt hätte. Wenn Sobeks schreckliches Tier ihn nun holen kam, dachte Neferrenpet, dann sollte es das tun. Dann wäre alles vorbei. Dann würde sein Körper vermutlich unbestattet bleiben, und seiner Seele würde drohen, friedlos im Zwischenreich zwischen den Wohnstätten der Lebenden und der Toten herumzuirren. Aber dann wäre er einer von ihnen und müßte sich nicht mehr vor ihnen fürchten. Doch das Krokodil kam nicht. Es beachtete ihn nicht einmal. Es schwamm weiter, passierte ihn in einer Entfernung von nur etwa einem Dutzend Ellen, anscheinend auf der Suche nach einer Beute, die interessanter war als der junge Mann, der da wie im Chor mit dem Quaken der Frösche fortwährend eintönig vor sich hin schwatzte.

Neferrenpet war von Beruf Steinhauer und Maurer. Er arbeitete in der Stadt der Toten, die Waset, der Stadt der Lebenden, am Westufer des Nils gegenüberlag: einer von vielen fleißigen Ägyptern, denen die Aufgabe oblag, neue Kammern und Gänge in das Gestein zu treiben, damit Waset seine verstorbenen Beamten und Vornehmen nach altem Ritus begraben konnte. Seine Arbeitswoche bestand aus zehn Tagen schweißtreibenden Kampfes gegen Kalkgestein und sengende Sonne, eine Tätigkeit, die keine besonderen Kenntnisse erforderte, und dennoch war er nicht ungebildet. In seiner Jugend hatte er sogar schreiben gelernt, und das qualifizierte ihn auch für den gehobenen Dienst. Er gehörte zu den Arbeitern, die nach einer Totenfeier die Gräber mit Ziegeln und Mörtel verschlossen und das Siegel des Anubis in den weichen Putz drücken durften, das die Unversehrtheit der Grabanlage bezeugen sollte. Leichter machte diese besondere Ehre seine sonstige Arbeit auch nicht, und so zog es ihn, wenn der ihm zustehende freie Tag bevorstand, zur Abendzeit oft hierher, an diesen flachen Seitenarm des Nils. Dort saß er dann bis in die tiefe Nacht hinein in seinem Boot und sah hinüber zur Stadt des Pharaos. Besonders liebte er die letzte Stunde des Tages, wenn sich im Zwielicht des scheidenden Sonnengottes kühlende Winde aus den Dattelpalmen erhoben, die Fahnen und Wimpel auf den Palästen am gegenüberliegenden Ufer flatterten und die Nacht endlich zu atmen anfing. Seine Seele hatte nach einer Woche in der Geröllwüste das Verlangen nach dem grünen Wiegen der Palmen und Feigenbäume, nach dem Duft der Lotosblüten, die sich am Abend öffneten, nach dem Rauschen in den Bewässerungskanälen, die das flußnahe Schwemmland durchzogen – Ägyptens Reichtum, Ägyptens größter Schatz.

Doch seit einiger Zeit fand er selbst hier keine Ruhe mehr. Er fühlte sich getrieben und verfolgt. Er hatte so viel Schuld auf sich geladen, daß er sich fragte, warum die durch ihn gestörte Ordnung ihn überhaupt noch duldete. Der Ach[2] eines unglücklichen To-

---

[2] neben Ba und Ka eine der drei Erscheinungsformen der ägyptischen „Seele", diejenige, die nach dem Tod in den Himmel aufsteigen kann

ten vermochte viel. Vor drei Wochen erst hatte man Pepij, einen seiner Kumpane, frühmorgens an den Kaianlagen drüben am anderen Nilufer gefunden, den Kopf wie den einer Holzpuppe herausgedreht aus den Windungen seines Halses. Er war ein Gauner gewesen, einer von denen, die sich in Ägyptens festgefügte Gesellschaftsordnung nie eingefunden hatten. Er hatte von der Tempelwohlfahrt gelebt, von den Opfern der frommen Bevölkerung an Amun, die täglich an die Armen und Bedürftigen verteilt wurden, aber er hatte sich auch als Taschendieb und Bettler versucht. Regelmäßig war er dabeigewesen, wenn Qeni, Neferrenpets Vorarbeiter aus der Arbeiterkolonie im Gräbertal, ein Grab ausgemacht hatte, das schlecht bewacht und darum leicht zu berauben war. Manche hatten gemeint, Pepij sei bei einem Erpressungsversuch oder Diebstahl auf Gegenwehr gestoßen, andere aber behaupteten, er sei vom Ach eines Toten, dessen Grab er geplündert hatte, angefallen worden und hätte dessen übermenschlichen Kräften nichts entgegenzusetzen gehabt – er sei gerichtet worden, wie er es verdiene. Seitdem lebte Neferrenpet in Angst. Dennoch hörte er nicht, wie es hinter ihm leise im Schilfrohr an der Uferböschung

knackte, und er bemerkte nicht das Knarren der Stegplanken. Kein warnender Schatten fiel über ihn, denn
Re war bereits hinter dem Horizont verschwunden.
Erst eine plötzliche Berührung an der Schulter ließ Neferrenpet reagieren. Er sprang auf, das Boot geriet ins
Schwanken, und er mußte um sein Gleichgewicht
kämpfen. Hätte sich ihm nicht plötzlich eine Hand dar-
geboten, wäre er ins Wasser gefallen. Reaktionsschnell
griff er zu.

„Qeni!" sagte er, während er die Balance wieder-
gewann. „Mußt du mich so erschrecken?"

„Wen hast du erwartet? Die Gräberpolizei?" Qeni
mußte lachen, als er seinem Freund aus dem Boot half.
Neferrenpet sah aus, wie auf frischer Tat ertappt, und
als er Qeni antwortete: „Ich weiß nicht, wovon du
sprichst", machte er dabei ein ganz verdrießliches Gesicht. Nachdem er erst den einen, dann den anderen
Fuß sicher auf den Steg gesetzt hatte, schaute er auf
und an Qeni vorbei. Offenbar war ihm der Mann aufgefallen, den Qeni mitgebracht hatte. Qenis Begleiter
war im Hintergrund geblieben und verbarg sein Gesicht im Schatten eines schlichten Umhangs, den er
wie eine Kapuze trug. Neferrenpet aber war argwöh-

nisch. Qeni beobachtete, wie er noch im letzten abendlichen Dämmerlicht versuchte, unter die Kopfbedeckung des Fremden zu spähen. Qenis Begleiter jedoch drehte sein Gesicht weg. Schließlich sagte Qeni
zu Neferrenpet: „Keine Angst, dieser Mann wird uns
nicht verraten. Er weiß Bescheid über unser Neben-
gewerbe. Er hat einen Auftrag für uns. Deswegen bin
ich hier. Ich will wissen, ob du dabei bist."

Neferrenpet hätte es sich denken können. Qeni war
gekommen, um einen neuerlichen Raubzug in die Gräber der Vornehmen zu besprechen. Und daß er dazu
Auftraggeber hatte, war auch nichts Neues. Es gab immer mal wieder einen höhergestellten, einflußreichen
Mann, der darauf aus war, sich zu bereichern, ohne
sich selbst die Hände schmutzig zu machen. Das wich-
tigste war, daß er über genug Macht verfügte, ihre
Räubereien bis zu einem gewissen Grade zu decken.
Ein solches Exemplar hatte Qeni anscheinend wieder
einmal erfolgreich aufgetan. Neferrenpet jedoch wollte
das alles nicht mehr.

„Du weißt, was ich davon halte", antwortete er.
„Pepijs Ermordung geht mir einfach nicht aus dem

Kopf. Ich habe dir gesagt, daß ich bei so etwas nicht mehr mitmache."

„Ja, ich weiß", gab Qeni zu. „Ich hätte dich auch nicht gefragt, aber diesmal ist es etwas ganz Besonderes, glaub mir. Dieses eine Mal noch, und du wirst niemals mehr ein Grab schänden müssen. Du wirst reich sein für immer."

„Und er?" fragte Neferrenpet und deutete mit dem Kopf auf den Fremden. „Wieviel hat er sich ausbedungen von der Beute?"

„Nichts, das ist ja das Schöne." Qeni sah aus wie ein Kind, über das man unverhofft einen Krug Honig ausgeleert hatte.

Nichts! Das wäre wirklich zu schön gewesen, um wahr zu sein. Neferrenpet war sich sicher, daß es da einen Haken gab. „Und was ist das für ein Grab, das wir berauben sollen?" fragte er darum.

„Oh," erwiderte Qeni. „Nichts Gefährliches, bestimmt nicht. Es ist das Grab eines Pharaos. – Nun schau nicht so! Er war ohne Bedeutung. Nur sein Grab ist voll von Schätzen, die alle uns gehören."

„Bist du übergeschnappt?" Neferrenpet tippte sich an die Stirn. „Die Gräber der Vornehmen zu plündern ist schon schlimm genug. Nun willst du ein Pharaonengrab ausrauben? Sollen die Götter uns verfluchen, Qeni? Sollen unsere Herzen von der schrecklichen Ammit[3] gefressen werden? – Nein, ohne mich." Er wollte sich abwenden, weg von dem Steg, vorbei an dem seltsamen Unbekannten, der nur dastand und die ganze Zeit nichts sagte. Sollte sich Qeni mit seinen Helfern bis ins Allerschlimmste versündigen, wenn er wollte. Er würde das nicht tun. Doch kaum war Neferrenpet ein paar Schritte gegangen, trat ihm der Mann mit dem Umhang in den Weg.

„Nicht so schnell", sagte er. „Ich bestehe darauf, daß ihr das Grab dieses Pharaos für mich plündert und alles zerstört, worauf sich sein Name befindet. Ich bestehe darauf, daß von dem König und seiner Mumie nichts mehr übrigbleibt. Er ist der Sohn des Ketzerkönigs, dessen Name aus den Kartuschen herausgehauen wurde, den seine Anhänger an unehrenhaftem Ort bestatten mußten, weil sein Andenken verdammt ist. Ich will diesen Ketzernamen vollends austilgen, aber dazu müssen auch seine Nachfolger und Verwandten aus den Chroniken verschwinden. Ihre Gräber sollen nicht

---

[3] Dämon des ägyptischen Jenseits

mehr verehrt werden. Ihr Ka soll ihre Leichname nicht wiederfinden. Und weder Mensch noch Götter werden euch bestrafen, wenn ihr dabei behilflich seid. Zerstört mir vor allem die Mumie. Was ihr dann noch wegzutragen vermögt, soll euch gehören. Und ist das noch nicht genug, bekommt ihr von mir das Doppelte obendrauf."

Neferrenpet trat zwei Schritte zurück. Er musterte den Fremden von oben bis unten. „Und wer bist du, daß du solch ein Ansinnen hast? Wer bist du, daß du meinst, so viel Macht zu besitzen, daß die Götter einen der Ihren nicht rächen werden, weil du es so sagst? Bist du der Oberpriester des Tempels?"

Nun zog der Mann den Umhang vom Kopf und zeigte ein hageres, von Sonne und Wind gegerbtes und von Narben durchpflügtes Gesicht. Ein Offizier der Armee, hätte Neferrenpet vermutet, wofür auch die Autorität seiner Anweisungen sprach, die Widerspruch offenbar nicht kannte, wenn da nicht das Diadem mit der Uräus-Schlange gewesen wäre, das der Unbekannte über der Stirn trug: „Ich bin Haremhab[4], Geliebter des Amun, Heilig sind die Erscheinungen des Re, Aus-

---

[4] Horus frohlockt

erwählter des Re", antwortete der Mann. „Ich bin Ägyptens Pharao. Und ich will, daß auf allen Königslisten nach dem dritten Amenhotep in Zukunft mein Name folgt."

—

Drei Tage später bewegte sich eine Gruppe von vier Männern über versteckte nächtliche Felspfade, um in die Wohnstatt der Toten zu gelangen. Sie sprachen nicht miteinander. Der allgegenwärtige Sand aus der nahegelegenen Wüste verschluckte den leichten Tritt ihrer Sandalen und spuckte ihn als kaum hörbares Knirschen wieder aus. Die Gräberpolizei des Wesirs machte Nacht für Nacht in der Totenstadt ihre Runde. Aber das Terrain war weitläufig, und so konnte, wer unentdeckt bleiben wollte, eine Begegnung mit ihr doch vermeiden, wenn er leise agierte und ortskundig war. Angeführt wurde der kleine Trupp von Qeni, der sich am besten auskannte und die Fackel trug. Ihm folgten, ausgerüstet mit Werkzeugen, zwei weitere Männer aus der Arbeitersiedlung, Sanebnut und Tutuia, Steinhauer von Beruf. Neferrenpet bildete die Nachhut, und er war alles andere als glücklich. Er hätte sich an jenem Abend vor einigen Tagen weigern sollen, teilzunehmen an einem so schimpflichen Unterfangen. Er war doch schon soweit gewesen, dem Verbrechen abzuschwören. Aber dem Pharao selbst gegenüberzustehen hatte ihn einfach überrumpelt. Neferrenpet hatte sich vor ihm niedergeworfen und, die Stirn auf den schlierigen Stegplanken, die Arme weit von sich gestreckt, mit ängstlichem Herzen zugehört, wie Haremhab ihm darlegte, was ihn erwartete, wenn er sich weigerte: Nicht jeder Grabräuber könne sich schließlich aussuchen, ob er den Pharao zum Verbündeten oder zum Feind haben wolle. Das war für Neferrenpet weit überzeugender gewesen als Qenis Schwärmerei von schier unermeßlichem Reichtum. Aber konnte man wirklich darauf bauen, daß Haremhab sich an seine Versprechen hielt, wenn der Auftrag ausgeführt war?

Ägypten war eine Pyramide: Sie ruhte auf der breiten Basis einer fleißigen und überaus frommen Bevölkerung, ihr Körper verjüngte sich zur Spitze hin wie die Hierarchie der Staatsbeamten, und oben leuchtete golden als Schlußstein der König über allem. Der Pharao, selbst ein lebender Gott, sorgte für den Ausgleich zwischen den Menschen und den Göttern und garantierte damit Ägyptens Existenz. Zu Ägypten aber gehörten nicht nur die Lebenden, sondern auch die Toten. Jeder Ägypter erstrebte nach dem Tod das Weiterleben in den Gefilden der Binsen, was ihm jedoch nur gelang, wenn sein Leichnam bis in alle Ewigkeit erhalten blieb, und das war nicht billig. So kosteten selbst die einfachsten Einbalsamierungskünste in den Häusern des Todes schon ein kleines Vermögen, und manch ägyptische Familie saß, nachdem ein Angehöriger verstorben war, auf einem Berg von Schulden. Doch darüber beschwerte sich niemand, solange der König das Seine dazu tat, daß diese Investition sich auch lohnte. Seine Aufgabe war, jeden Frevel, der die alterhergebrachte Ordnung gefährdete, zu verhindern oder, wenn er sich denn nicht verhindern ließ, zu ahnden. Und dann gab es da noch etwas. Haremhab hatte einen großen Makel: Er stammte nicht aus dem letzten Königshaus. Er war Oberbefehlshaber der Armee gewesen und hatte in die vorherige Dynastie einheiraten müssen, um überhaupt eine Legitimation für die Königswürde vorweisen zu können. Was also würde er tun, wenn ein Frevel an dem Grab eines seiner Vorgänger ruchbar wurde? Würde er die Frevler wirklich davonkommen lassen und damit zu Spekulationen Anlaß geben, daß er seiner großen Aufgabe möglicherweise nicht gewachsen war? Neferrenpet hegte daran Zweifel. Die Gelegenheit, sich mit der Aufklärung eines Grabraubes zu profilieren, würde Haremhab wohl kaum ungenutzt verstreichen lassen. Andererseits wollte er den angeblich unwichtigen Pharao aus Ägyptens Geschichte tilgen, um selbst um so bedeutender dazustehen. Das erreichte er natürlich nur, wenn er zu seinem Wort stand. Haremhab hatte das alles äußerst geschickt angefangen. Wie es auch ausgehen mochte, er würde derjenige sein, der davon profitierte. Sanebnut und Tutuia wußten von all dem nichts. Sie waren von Qeni angeheuert worden, und der hatte sie im unklaren darüber gelassen, wer ihr Auftraggeber war. Sie trotteten ahnungslos hinter ihrem Anführer her und hielten all das hier für einen ganz normalen Beutezug.

Mit traumwandlerischer Sicherheit fand Qeni den Weg zu ihrem Bestimmungsort. Von ihrer Siedlung aus war es sogar durch die Unwegsamkeit der Berge nur ein Fußmarsch von etwas über einer halben Stunde gewesen. In der Totenstadt selbst führten planierte Wege ohne Umschweife in das Herz der Nekropole, wo alle Könige der vorherigen Dynastie ruhten. Hier war es wirklich totenstill, ganz anders als unten am Nil, wo im Ufergestrüpp raschelnde Pharaonenratten, fiepende Fledermäuse und zirpendes Kerbgetier die Nacht am Leben hielten. Hin und wieder jagte der Wüstenwind durch enge Felsnasen und ließ auf den Wegen Staubteufel tanzen. Deswegen blieben auch alle vier Männer kurz stehen, als auf einmal von irgendwoher über ihnen die langgezogene Kadenz eines klagenden Heultones ertönte. Sie wohnten alle vier in der Siedlung am Rand der Wüste. Wer dort lebte, kannte das Heulen zur Genüge und scherte sich nicht weiter darum. Doch hier in den Wohnstätten der Toten, da kam es Neferrenpet vor, als kröche ihm eine ganze Armee von Ameisen den Rücken hinauf. Unwillkürlich griff er nach dem Horusauge auf seiner Brust. Doch es war nicht da. Er hatte befürchtet, das Amulett auf einen Raubzug mitzunehmen, würde es entweihen, und so hatte er es vorher abgelegt. Jetzt wünschte er beinahe, er hätte das nicht getan. Er blickte hinüber zu einem westlich gelegenen Hügel und sah im fahlen Gegenlicht der Sterne auf dem Hochplateau die Silhouette eines Tieres.

„Anubis' Sendbote", flüsterte er.

„Werd jetzt nicht närrisch", gab Sanebnut zurück. „Nicht jeder zeckenverseuchte Schakal, der nachts durch die Totenstadt streunt, kommt vom Totengott persönlich. Wenn er von da oben runterkommt und frech wird, gib ihm einfach einen Tritt."

„Ruhe jetzt, ihr zwei", sagte Qeni. „Hier ist es!" Er war stehengeblieben. Seine Fackel beleuchtete eine tief in einen Felsen hinabführende Treppe. Er ging hinunter und winkte dann die anderen herbei. Neferrenpet blieb als einziger oben. Er spähte noch einmal hinaus in die Nacht, sah die Straße hinauf und wieder hinab. Der Schakal war verschwunden. Kein lebendes Wesen weit und breit. Dann ging auch er die Stufen hinunter und hoffte, er würde dem, was nun kommen würde, gewachsen sein.

Die anderen drei standen bereits vor einer Mauer, wie Neferrenpet sie tagtäglich hochzog. Qeni prüfte die Siegelabdrücke im Verputz. Es waren die offiziellen Siegel der Königsnekropole. Sie zeigten den Gott Anubis und neun Gefangene[5].

---

[5] Die Gefangenen symbolisieren hier die Mächte des Chaos, die vom Gott in Schach gehalten werden.

„Da müssen wir durch, dann sind wir erst einmal außer Sichtweite. Fangt an, Männer", ordnete Qeni an.

Sanebnut und Tutuia traten vor. Erst spuckten sie in die Hände. Dann schmetterten sie ihre Bronzehacken gegen die Vermauerung. Der Putz platzte auf, und nach drei weiteren Schlägen gaben die Lehmziegel nach. Heiße Luft strömte aus dem Loch, und nach wenigen Minuten war die Bresche groß genug, daß Qeni mit der Fackel hindurchschlüpfen konnte. Die drei anderen folgten ihm in einen langen, abschüssigen Gang, in dem nicht nur Hitze, sondern auch Stille und Finsternis schwer auf ihnen lasteten. An seinem Ende fanden sie eine zweite Tür, und auch die war übersät mit den Abdrücken des Nekropolensiegels. Dennoch wußten sie, daß es noch ein anderes Siegel geben mußte. Sie suchten die Tür ab, und schließlich entdeckte Neferrenpet die Kartusche mit dem Thronnamen des Begrabenen.

„Neb-cheperu-Re", las er vor. „Nie gehört. Ist das derjenige, um den es geht?" Er sah Qeni an.

„Der und kein anderer", war Qenis Antwort. „Sein Geburtsname lautet Tut-anch-Amun."

„Warum kennen wir den nicht?" fragte Tutuia.

„Weil ihr dafür zu jung seid. Er starb vor fünfzehn Jahren", antwortete Qeni.

„Und weil seither niemand mehr von ihm redet, nicht wahr?" ergänzte Neferrenpet.

„So ist es. Ich sagte ja: bedeutungslos, dieser Pharao. Ich allerdings kenne ihn noch. Ich habe sein Grab damals mitgebaut, als einfacher Arbeiter. Diesen Schacht habe ich selbst mit ausgeschlagen, Neferrenpet."

„Dann bist du für diesen Auftrag ja der Richtige", gab Neferrenpet zurück. Qeni bemerkte sehr wohl, daß er ihn dabei keines Blickes würdigte, und fragte sich einen Moment lang, ob es eine gute Idee gewesen war, Neferrenpet hier mit herzunehmen. Er war nicht nur ängstlich wie die Maus, die der Kobra begegnet, er stand ganz offensichtlich auch immer noch nicht hinter dem, was sie hier vorhatten. Andererseits: Es war jetzt nicht mehr zu ändern, und sie mußten weiter, ihre Arbeit erledigen, bevor ihnen die Luft knapp wurde. Qeni gab den Befehl, die Mauer aufzubrechen, und kurz darauf standen sie in einer geräumigen Kammer, in der sich im Licht ihrer einzigen brennenden Fackel die Schätze türmten.

„Oh", machte Sanebnut.

„Ah", machte Tutuia.

Neferrenpet stand nur staunend in der Mitte und sah sich nach allen Seiten um. Es fiel ihm schwer zu atmen, und das lag nicht nur an der viele Jahre alten Luft. Vor ihm an der gegenüberliegenden Wand standen drei vergoldete Ritualbahren. Unter die eine hatte man Dutzende ovaler Nahrungsbehälter gestapelt, Proviant für den toten König auf seiner Reise ins Jenseits. Ein goldener Thronsessel mit Intarsien stand unter dem Bett mit den Nilpferdköpfen links daneben, und unter dem Bett ganz rechts sah er auf einer Holztruhe die Büste eines kahlköpfigen Jünglings, offenbar das Porträt des Verstorbenen. An einer Wand lehnten säuberlich nebeneinander die Einzelteile von vier zerlegten Streitwagen, mit denen der König in den Gefilden der Binsen auf die Jagd gehen sollte, davor an der Erde ein Dutzend Alabasterkrüge und -vasen, Truhen und Hocker. Mehr als das vermochte Neferrenpet in der Kürze der Zeit gar nicht zu erfassen, denn Qeni drängte zur Eile.

Seine Fackel unter die Armbeuge geklemmt, stand er zur Rechten vor zwei lebensgroßen Männerfiguren, die sich an einer Wand gegenüberstanden und die königlichen Kopftücher trugen. Diese beiden bewachten einen weiteren verschlossenen Durchgang. Auffordernd klatschte Qeni in die Hände: „Hopp, hopp jetzt! Glotzen könnt ihr später noch. Hier liegt der wahre Schatz!"

Tutuia eilte sofort zu ihm hinüber, setzte seinen Meißel an und begann mit einem Hammer eine Öffnung in das Mauerwerk zu schlagen. Doch Neferrenpet winkte ab.

„Da ist doch nur die Mumie!" sagte er. Dann trat er an die Ritualbahre mit den Nilpferdköpfen, beugte sich hinunter und ließ seine Blicke wie suchend über die Mauer wandern.

„Ich glaube, da ist noch eine Tür hinter der Bahre versteckt", rief er auf einmal. „Ich wette, die eigentlichen Schätze befinden sich hier." Er räumte die Alabasterkrüge aus dem Weg, packte den Goldthron an seinen Löwenbeinen und zog ihn unter dem Nilpferdbett hervor. Er überlegte kurz, ob er auch das Prunkbett aus der Ecke herausziehen sollte, vielleicht mit Hilfe der anderen. Doch wohin damit? Die Kammer war voll. So ließ er es stehen, kroch darunter und tastete knapp über Bodenniveau die Vermauerung mit der Hand ab.

„Was soll das?" protestierte Qeni und wollte zu Neferrenpet hinübergehen. Er wunderte sich sehr über seinen plötzlichen Eifer. Doch dann wurde ihm bewußt, daß er Tutuia nicht mehr klopfen hörte. Also drehte er sich wieder zu ihm um. Tutuia hatte bereits ein Loch in die Mauer zwischen den beiden Wächtern geschlagen, durch das ein Kind bequem hätte hindurchschlüpfen können. Inzwischen allerdings ruhte sein Hammer, und er guckte nur groß.

„Du machst gefälligst weiter!" befahl Qeni ihm. Dann ging er mit der Fackel zur Nilpferdbahre und beugte sich hinab.

„Wir haben die Order, zuerst die Mumie zu zerstören. Die Schätze können warten. Außerdem: Wenn da wirklich ein Zugang ist, dann kann es nur der zu einer Seitenkammer sein. Darin wird es nichts Wertvolles geben. Und in die eigentliche Schatzkammer kommen wir sowieso nur durch den Begräbnisraum."

„Woher willst du das wissen?" Neferrenpet kam wieder unter dem Bett hervorgekrochen. „Du hast zwar die Kammern gehauen, aber bei der Grablegung warst du ja wohl nicht dabei, oder?"

„Nein", gab Qeni zu.

„Na also!" Neferrenpet wischte sich die Stirn. Es war unerträglich heiß. „Eine versteckte Tür verspricht viel mehr als eine, die von zwei so auffälligen Figuren bewacht wird." Dann schaute er an Qeni vorbei. „Kommt her, ihr beiden. Macht sie auf."

„Halt!" Qeni fuhr herum. „Ich verbiete euch, auf ihn zu hören. Wir haben einen besonderen Auftrag. Wir sollen die Mumie zerstören, und nur bei der Mumie findet sich das Gold. Denkt an all die kostbaren Juwelen und Amulette, mit denen man sie behängt haben wird."

„Denkt auch daran, daß ihr den Sarkophag öffnen müßt", wandte Neferrenpet ein. „Und daran, daß es sich dabei nicht um den Sarkophag eines Dorfschulzen handelt, es ist der eines Pharao. Und der wird einen so massiven Deckel haben, daß wir ihn ohne weitere Hilfe vielleicht gar nicht werden öffnen können."

Mehr denn je wünschte Qeni sich, er hätte Neferrenpet nicht mitgenommen. Einstweilen standen Sanebnut und Tutuia noch tatenlos herum, unschlüssig, wer von den beiden, die sich da vor ihren Augen stritten, der gewieftere Grabräuber war. Dann aber kamen sie herüber und gingen an Qeni vorbei, ohne ihn zu beachten. Sie tauschten Blicke mit Neferrenpet, krochen unters Bett und machten sich daran, eine gute Elle über Bodenniveau einen Durchbruch in die Tür zu hauen.

Die Fackel in der Hand, stand Qeni hilflos daneben. Als er sich dessen bewußt wurde, daß er ihnen auf diese Weise sogar noch das Licht verschaffte, das sie für ihre Arbeit benötigten, trat er ein paar Schritte in den Raum zurück. Doch das störte die beiden nicht. Sie hämmerten seelenruhig weiter. Qeni war verzweifelt: Es lief alles aus dem Ruder.

Schließlich war das Schlupfloch groß genug. Als der Staub sich gelegt hatte, kniete Neferrenpet sich vor den Durchbruch und spähte in die Kammer hinein. Aber es war zu dunkel, als daß er etwas hätte sehen können. Er verlangte Qenis Fackel.

„Du kriegst meine Fackel nicht", war Qenis Antwort. „Ich werde jetzt allein in die Grabkammer gehen und die Arbeit tun, die ich tun muß."

„Wie willst du das machen ohne Hilfe, Qeni? Du wirst uns brauchen."

Qeni schwieg, aber seine Augen waren voller Trotz.

„Komm schon", versuchte Neferrenpet es daher auf die sanfte Weise. „Um unserer Freundschaft willen. Ich will nur kurz hineinschauen. Dann helfen wir dir."

Qenis Lippen bebten. Nachdem Neferrenpet zunächst so furchtsam und unwillig gewesen war, erschien ihm nicht geheuer, wie selbstbewußt und entschieden er auf einmal auftrat, aber dann reichte er ihm doch das Licht. Neferrenpet grinste ihm zu, nahm die Fackel und kroch in die Seitenkammer hinein. Sanebnut folgte. Tutuia hockte sich vor dem Loch hin und versuchte hineinzusehen. Qeni blieb im Dunkeln zurück. Er hörte Neferrenpet und Sanebnut nebenan rumoren. Die beiden unterhielten sich, lachten und räumten in der Kammer herum. Scharniere von Kommoden und Truhen quietschten. Gefäße gingen zu Bruch. Hin und wieder reichten sie Tutuia vorsichtig ein Beutestück nach draußen. Welche Kleinodien sie sich bei all dem nebenbei in ihre Taschen stopften, konnte Qeni nur raten. Er stand in völliger Finsternis. Er hätte viel um eine zweite Fackel gegeben, aber eine zweite Fackel hätte die ohnehin schon spärliche Luft noch knapper gemacht. Deswegen hatten sie sich geeinigt, nur eine mitzunehmen. Die Zeit drängte. Sie mußten bald hier raus, wenn sie nicht ersticken wollten. Nur kurz hineinschauen! Dieser verdammte Neferrenpet! Er ruinierte ihren Auftrag! Qenis Finger suchten und fanden die Schneide des Obsidiandolches, den er an seiner Seite trug. Er mußte etwas unternehmen. Er tastete sich in der Dunkelheit voran, auf die gegenüberliegende Wand zu. Daß sich die Vorkammer mit einemmal wie von selbst erleuchtete und er das Hinterteil von Tutuia sehen konnte, der unter der Bahre kniete und den Kopf durch den Mauerdurchbruch steckte, registrierte Qeni zunächst mit Wohlgefallen, weil es sein Vorhaben erleichterte. Doch dann hörte er eine Stimme, so scharf wie ein Schwert: „Na, was haben wir denn hier? Eine ganze Bande von Grabfrevlern bei ihrer Lieblingsbeschäftigung. Kommt raus aus der Kammer, und dann alle auf den Boden!"

Qeni warf einen Blick über seine Schulter. Im Eingang stand Kaaper, Wesir der Totenstadt. Neben ihm hatten acht bewaffnete Männer Posten bezogen. Qeni ließ das Messer fallen und sank auf die Knie. Tutuia kam rückwärts unter dem Nilpferdbett hervorgekrochen und drängte sich erschrocken in die Ecke. Und auch in der Seitenkammer hatte man offenbar begriffen, daß der Raubzug vorbei war. Neferrenpet und Sanebnut kamen heraus aus dem Loch und leisteten keinerlei Widerstand. Als sie alle vier auf dem Vorkammerboden knieten, trat Kaaper näher und musterte jeden einzeln.

„Wer von euch ist Neferrenpet?" fragte er schließlich, und drei der Räuber hoben hoffnungsvoll die eben noch gesenkten Köpfe. Drei Zeigefinger richteten sich einmütig auf einen von ihnen, und aus drei Mündern kam die Antwort: „Er."

—

Einen Monat später saß Neferrenpet wieder zu seiner Lieblingsstunde an seinem Lieblingsplatz am Nil. Er dachte nach und spielte wie immer, wenn er das tat, mit dem Horusaugenamulett. Die Frösche waren verstummt, die Ibisse nicht mehr da. Die Vögel hatten ihre Heimreise nach Süden angetreten und würden erst im nächsten Jahr wiederkommen, um die Nilschwemme anzukündigen. Nur ein Kranich watete in den seichten Flußniederungen und stocherte im Schlamm nach Schnecken und Muscheln. Das Boot schaukelte im Schilf sanft hin und her. Neferrenpet arbeitete noch immer in der Wohnstatt der Toten, aber er war jetzt Vorarbeiter. Haremhab selbst hatte ihn befördern lassen, seiner „beispielhaften Verdienste um Ägyptens Ordnung" wegen. Neferrenpets Entschluß, den Wesir für die Totenstadt vorab mit einem Brief darüber zu informieren, daß die Plünderung eines Königsgrabes geplant war, hatte Tut-anch-Amuns Ka gerettet, aber die Sache hätte auch schlimm ausgehen können. Er hatte ja nicht gewußt, wie der Pharao hieß, um den es ging. Und weil er ihn Kaaper gegenüber nur als einen „Pharao ohne Bedeutung" hatte beschreiben können und jener den Raub zunächst woanders vermutete, war die Gräberpolizei erst viel später erschienen, als Neferrenpet gehofft hatte. Wäre es ihm nicht gelungen, Qeni hinzuhalten, dann wäre der Frevel wohl nicht zu verhindern gewesen. So aber war Tut-anch-Amuns Totenruhe ungestört geblieben. Und das bereute Neferrenpet nicht. Auch wenn Tut kein großer König hatte werden können, weil er schon in sehr jungen Jahren verstarb, so hatte er doch die Doppelkrone der beiden Ägypten getragen. Sein Ach heraufzubeschwören wäre für Neferrenpet ohne Zweifel böse ausgegangen.

Die Gegenstände, die Neferrenpet und seine Kumpanen aus den Truhen herausgenommen hatten, waren wieder zurückgebracht worden. Die Durchbrüche waren bis auf den zur Seitenkammer, vor den man einfach nur den Goldthron und einige andere Gegenstände gestellt hatte, wieder verschlossen und versiegelt. In seiner Siedlung galt Neferrenpet nun als Held. Frühere Raubtaten hatte man ihm nicht nachweisen können. Er konnte sich wieder als unbescholtener Mann fühlen. Qeni, Sanebnut und Tutuia waren allerdings nicht so glimpflich davongekommen. Da die Mumie des Pharao unversehrt geblieben war und man in Qenis Taschen überhaupt nichts und bei Sanebnut und Tutuia nur Kleinigkeiten gefunden hatte, hatte man darauf verzichtet, die drei zum Tode durch den Pfahl zu verurteilen. Sie waren allerdings zur Sklavenarbeit in den Steinbrüchen verdonnert worden, wie Neferrenpet fand, eine Strafe nur wenig besser als der Tod. Qeni hatte beim Verhör gut daran getan, den Namen ihres Auftraggebers nicht zu nennen. Den Pharao zu beschuldigen hätte ihn das Leben gekostet. Und auch Neferrenpet hatte ausgesagt, daß der Raub ihre eigene Idee gewesen war. Wie Haremhab selbst damit umging, daß die Beseitigung seines Vorgängers fehlgeschlagen war, konnte Neferrenpet nicht sagen. Der Pharao war gezwungen gewesen, gute Miene zum bösen Spiel zu machen. Ihm war nichts anderes übriggeblieben, als den Sinneswandel eines Grabräubers zu loben und den Befehl zu geben, Tuts Grab wieder zu schließen. Er mochte natürlich noch einen Groll hegen gegen Neferrenpet, der nicht nur seine drei Mitgrabräuber, sondern vor allem ihn selbst hereingelegt hatte. Doch die Dinge lagen nun anders. Neferrenpet brauchte nun nicht nur vor den Achu derer keine Angst mehr zu haben, an denen er sich vorher versündigt hatte, er mußte auch die Lebenden weniger fürchten. Die Leute grüßten ihn, wenn sie ihn trafen. Er war Stadtgespräch und erhielt jeden Tag Einladungen in die Häuser der Vornehmen, die sich mit einem wie ihm schmücken wollten. Es würde für viel Aufsehen sorgen, wenn er eines Tages spurlos verschwände, und das wußte auch der König. Dennoch war sich Neferrenpet darüber im klaren, daß seine Popularität ihn nicht auf ewig vor Haremhabs Rache schützen würde. Und darum hatte er beschlossen, sich so bald wie möglich aus Waset abzusetzen. Er würde nach Memphis gehen, in den Gau „Weiße Mauer". Dort kannte ihn keiner. Und ein junger Mann mit seinen Fähigkeiten würde auch dort gefragt sein. Seinen Platz hier unten am Bootssteg gegenüber von Waset, den würde er zwar vermissen, aber er würde sicher auch in Unterägypten einen Ort wie diesen finden, an dem der Nil sein Heiligstes offenbarte. Er würde eine Familie gründen, mit seinen Kindern zu diesem Platz gehen, sooft ihm danach war, und den Pharao nicht mehr fürchten, und wenn er eines Tages starb, dann würden seine Kinder sein Grab pflegen, und vor dem Totengericht würde sein Herz beim Wiegen für leichter befunden werden als die Feder der Maat. Das waren hoffnungsvolle Aussichten für die Zukunft. Sie machten ihm den Abschied leichter. Er sandte einen letzten grüßenden Blick ans andere Ufer in die Stadt der Lebenden, dann stand er auf in seinem Boot und betrat die Planken des Steges. Er war schon ein paar Schritte in Richtung Ufer gegangen, als er plötzlich stehenblieb. Er hatte noch etwas vergessen. Er machte kehrt, trat nahe heran an den Rand des Steges und sah auf das glitzernde Wasser. Dann riß er sich das Horusaugenamulett von der Brust und warf es in den Fluß.

212 v. Chr. – Der „Lange Arm des Archimedes"

„Störe meine Kreise nicht."
Archimedes

Im ersten Dämmerschein des Morgens zog es den Oberbefehlshaber der römischen Streitkräfte hinauf auf die seewärts gelegene Stadtwehr von Syrakus. Wind, der aromatisch nach Tang roch, streifte sein Gesicht, als Claudius Marcellus ganz allein vor der gewaltigen Maschine stand, die ihn Dutzende von Schiffen und das Leben unzähliger Legionssoldaten gekostet hatte: Auf einem drehbaren, hölzernen Rundturm ragte ein Kranarm, den man nach Belieben schwenken und kippen konnte, weit über die Wehr hinaus. An seinem äußersten Ende hing unten an einer Eisenkette eine Art Greifschaufel, die man mit einem Seil von der Mauer aus loslassen und wieder einholen konnte: ein wirklich verteufeltes Instrument. Es hatte sämtliche Versuche der Römer vereitelt, die Stadt von der Seeseite her zu stürmen.

Marcellus beugte sich über die Mauer und schaute hinab auf die allen Geschehnissen zum Trotz gleichgültig ruhige See. Dies war genau die Stelle, an der sein erster Angriff auf Syrakus vernichtend zurückgeschlagen worden war. Er konnte sich noch sehr gut an das markerschütternde Geräusch erinnern, das entstanden war, als plötzlich mitten im Gefecht etwas sehr Großes gegen den Rumpf seines Kommandoschiffs „Nola" geprallt war. Zuerst hatte er gemeint, der Fünfruderer sei von einem anderen Schiff gerammt worden. Dann aber stellte er fest, daß ein riesiges bronzenes Gerät seine Widerhaken in den Schiffsrumpf krallte. Ein schöner Schaden, aber dennoch nur ein Nadelstich! Er fragte sich, was das sein sollte, doch als er die Glieder der daran befestigten Kette betrachtete und langsam zu begreifen begann, da war es schon zu spät. Er hörte über sich ein lautes Knirschen. Da sah er den Kranarm zum erstenmal. Die Kette spannte sich. Und bevor er noch warnend rufen konnte: „Achtung, Männer", durchlief den Schiffsrumpf ein Ruck. Er versuchte, sich an der Reling festzuhalten. Aber seine Finger glitten ab, so daß er übers Deck rutschte und hart gegen den Mast fiel. Ein zweiter Ruck, und der schwere Fünfruderer krängte nach Steuerbord. Jetzt geriet alles durcheinander. Er sah, wie seine Legionäre in voller Rüstung von den Planken rutschten und ins Wasser stürzten. Die Sturmleitern, mit denen sie die Mauern hatten erklimmen wollen, fielen über sie. Marcellus fand Halt am Mast, gegen den er geprallt war. Doch das nützte ihm nichts. Der Schiffsrumpf hatte Schlagseite. Wasser lief in den Ruderraum. Zappelnd hing Marcellus in der Luft. Er hörte die Ruderer schreien. Die „Nola" sank. Dann ließ er los.

Eine Liburne[6], die auch am Angriff beteiligt war, hatte ihn und einige seiner Männer schließlich gerettet. Aber sein eigenes Schiff war verloren gewesen. Das war nun gut zwei Jahre her. Seitdem hatte Oberbefehlshaber Marcellus auf diese Weise viele Schiffe und noch mehr Männer verloren. Syrakus verfügte über sechs dieser Kentermaschinen, darüber hinaus wehrte sich die Stadt mit Geschoßsalven. Und hinter all diesen effektvollen Abwehrmechanismen steckte, wie Überläufer berichteten, nur ein einziger Mann: ein findiger Syrakusaner mit dem Namen Archimedes.

Keiner im Exercitus[7] hatte bis dahin irgend etwas von ihm gehört. Inzwischen aber kannte ihn jeder. Da nützte kein römischer Mannesmut. Archimedes schlug

---

[6] kleine römische Kriegsgaleere
[7] das altrömische Heer

sie allein mit seinen Maschinen. Seine Katapulte verschossen Bolzen, die zwei Masten hintereinander durchschlugen. Ballisten warfen brennende Materialien auf Deck, die sich nur schwer löschen ließen. Das schlimmste aber waren seine Hebekräne. Die Marineinfanteristen nannten die Erfindung des Syrakusaners schließlich den „Langen Arm des Archimedes", und irgendwann reichte schon das knarrende Schwenkgeräusch irgendeines hölzernen Konstrukts aus, die tapferen Söhne der Wölfin so zu demoralisieren, daß mit ihnen kaum noch etwas anzufangen war.

Schließlich hatte Marcellus die Angriffe auf Syrakus von See her eingestellt und sich Konsul Claudius Pulcher angeschlossen, der die Belagerung von der Landseite her führte. Auch hier hatten sie es mit Wurfmaschinen und Geschützen zu tun, aber wenigstens nicht mit des Archimedes Kränen. Obwohl Syrakus jedoch von den verbündeten Puniern keinerlei Hilfe bekam, benötigten Pulcher und er fast zwei Jahre, um in die Stadt zu gelangen. Diesen Erfolg verdankten sie ihrer Geduld, romfreundlichen Kollaborateuren und der nachlassenden Aufmerksamkeit der Verteidiger. Ein Fest für die Stadtgöttin Artemis beschäftigte Syrakus schließlich so sehr, daß es einen entlegenen Wehrturm für eine Weile unbeaufsichtigt ließ, und über den waren die Römer in der vergangenen Nacht auf Sturmleitern in die Stadt geklettert.

Zufrieden hörte Marcellus eine Weile dem Lärm in den Straßen zu seinen Füßen zu. Der Kriegsgott Mars spielte ihm sein Lieblingslied: klirrende Waffen, lateinische Befehle, das Wehklagen der Besiegten. Die Infanteristen der Römischen Republik brachen die Häuser auf, trieben die überraschten Bewohner zusammen und rafften alles an sich, dessen sie habhaft werden konnten.

Marcellus dachte an die Männer der beiden Legionen, die aus den Überlebenden der Schlacht von Cannae[8] gebildet und nach Sicilia versetzt worden waren. Syrakus war ihr erster Erfolg seit Jahren. Sie mühten sich sehr darum, ihre Niederlage gegen Hannibal vergessen zu machen. Aber das war ihnen bisher nicht gelungen. Im Gegenteil! Mehr als andere Milites neigten sie zu Disziplinlosigkeiten und Überreaktionen. Und Marcellus verstand auch warum. Cannae überlebt zu haben galt als Schande, denn wer Cannae hatte überle-

---

[8] 216 v. Chr. gegen Hannibal

ben können, so schlußfolgerten viele in der römischen Bevölkerung, der mußte wohl vom Schlachtfeld geflohen sein. In Syrakus gesiegt zu haben würde den Männern nun vielleicht helfen, die Gespenster von Cannae zu verscheuchen.

Marcellus untersuchte das Gewirr aus Seilen, mit dem der Kranarm bewegt worden war. Sie liefen über eine Konstruktion aus mehreren Rollen, wie er sie noch nie zuvor gesehen hatte. War das das Geheimnis der unglaublichen Kraft, mit der seine Schiffe zum Kentern gebracht worden waren? Er wußte es nicht. Er wußte nur, daß er den Konstrukteur dieser Maschine, der ihm das Leben so sauer gemacht hatte, in einem Triumphzug auf dem Forum zur Schau stellen würde, falls der Senat ihm einen gewährte. Er wollte eben hinabgehen, um dafür zu sorgen, daß seine Männer es nicht übertrieben, als ein Legionslegat auf der Mauer erschien und vorschriftsmäßig grüßte: „Salve, Imperator!"

„Salve, Calpurnius. Steh bequem. Was gibt's?"

„Wir haben die beiden punischen Agenten festgenommen, die die Bevölkerung aufgestachelt haben."

„Sehr gut. Was noch? Was ist mit diesem Archimedes?"

„Auch den glauben wir gefunden zu haben."

„Was heißt glauben?" fragte Marcellus.

„Nun ja, Imperator. Wir können ihn nicht nach seinem Namen fragen. Der Mann ist tot." Er räusperte sich: „Einer unserer Männer hat ihn erschlagen."

Marcellus fluchte verhalten und ließ die Seile los. Das war es dann mit seinem Triumphzug!

„Führ mich hin", sagte er zum Legaten.

Und der stand sofort wieder stramm: „Zu Befehl."

Eine Viertelstunde später betrat Marcellus eine Stadtvilla nahe am Königspalast. Calpurnius führte ihn in einen Raum, in dem es aussah wie nach einem Kampf. Ein Miles ohne Helm saß, schlotternd vor Angst, auf einem Hocker, bewacht von zweien seiner Kameraden, die ihm die Hände auf den Rücken gefesselt hatten. Ein Tisch lag umgestürzt in einer Raumecke. Papyri waren über das ganze Zimmer verstreut, und am Boden, die Glieder im Tode verdreht, lag in einer Lache aus Blut und verschütteter Tinte ein Mann, eine Wunde über dem linken Brustbein.

Obgleich offensichtlich war, daß er nicht mehr lebte, hockte Marcellus sich neben ihn und tastete nach dem Puls an seiner Halsschlagader. Er fand keinen. Er betrachtete das weiße Haar und musterte die tiefen Falten in seinem Gesicht.

„Bester, größter Jupiter", sagte er dann. „Der ist ja mindestens achtzig. Seid ihr sicher, daß das Archimedes ist? So wie der uns zugesetzt hat, habe ich ihn mir wesentlich jünger vorgestellt."

„Melde gehorsamst", sagte Calpurnius. „Wir haben die Bediensteten dingfest gemacht. Sie behaupten, das hier sei ihr Herr Archimedes, Kriegskonstrukteur von Syrakus und ein Verwandter des hiesigen Königshauses."

Marcellus nickte. „Na, dann wird es wohl stimmen. Nun also zu dir." Er drehte sich zu dem gefangengenommenen Miles um. „Name und Dienstgrad?"

„Gnaeus Memmius, Hastatus[9] in der zweiten Cannensischen."

Marcellus seufzte. Natürlich. Ein Cannensier! Das erklärte vieles. Aber als Entschuldigung wollte er es nicht gelten lassen.

---

[9] Schwerinfanterist in der republikanischen, römischen Legion

„Wie kommst du dazu, meinen Befehl zu miß-achten, Memmius?" fragte er deshalb. „Ich sagte, Ar-chimedes sei lebendig unter Arrest zu nehmen."

Der Soldat weinte beinahe. „Imperator, ich war mir des Befehls bewußt. Aber als ich hier eindrang und den Alten mit einer Kerze an seinem Schreibtisch sitzen sah, da ging es mir wie dir. Mir kam nicht in den Sinn, er könne Archimedes sein. Ich habe ihn nach sei-nem Namen gefragt, aber obwohl er hätte bemerken müssen, daß ich ein Fremder bin, weil ich ja Lateinisch spreche, hat er nicht einmal aufgesehen. Er hob nur die Hand gegen mich und murmelte etwas, was ich nicht verstand. Vielleicht hat er mir einfach nur befohlen, ihn in Ruhe zu lassen. Auf jeden Fall hat er nicht auf-gehört, weiter seine Figuren zu malen und Zahlenko-lonnen darunterzuschreiben. Erst als ich auf ihn ein-drang, begriff er offenbar, daß der Feind in seinem Haus war. Er fing an zu schreien: ‚Römer, Römer!' So viel habe ich verstanden. Ich habe dann versucht, ihn zum Schweigen zu bringen. Ich wollte ihm den Mund zuhalten. Aber er wehrte sich. Und weil ich allein war, habe ich eben zugestochen, bevor er das ganze Haus zusammenschreien konnte."

Marcellus sagte nichts. Er ging durch den Raum, sammelte die verstreut umherliegenden Papyri auf und studierte sie. Kreise, Kugeln, Zylinder, Parallelogramme waren dort skizziert, jede Menge mathematische Formeln daruntergekritzelt. Wirres, nutzloses Zeug. Keine Konstruktionspläne von Maschinen oder anderen Anlagen, die wertvoll hätten sein können. Diese Griechen! Die hielten sich alle für Philosophen, Poeten und Mathematiker. Sie beschäftigten sich den ganzen Tag damit, zu beweisen, daß die Welt eine Kugel sei, und interessierten sich dafür, wie viele Ecken ein Kreis hatte. Das Kämpfen hatten sie dabei verlernt und betrachteten das römische Volk, das sich lieber darum kümmerte, seine Macht und seinen Wohlstand zu mehren, als barbarisch und rückständig. Immerhin! Dieser Archimedes war offenbar mehr gewesen als ein weltfremder Schöngeist. Er hatte seine wissenschaftlichen Talente in handgreiflichen Nutzen verwandelt und die Armee der Römischen Republik an den Rand einer Niederlage gebracht. Nicht auszudenken, was geschehen wäre, wenn er in Hannibals Diensten gestanden hätte. Der befand sich seit Cannae noch immer in Italien und hatte sich glücklicherweise bisher nicht entschließen können, die Stadt Rom anzugreifen. Vielleicht wäre er weniger zögerlich gewesen, wenn er einen Mann wie Archimedes an seiner Seite gehabt hätte.

„Gut", sagte Marcellus. „Was geschehen ist, ist geschehen. Ein toter Archimedes ist mir lieber als ein flüchtiger."

„Aber was ist mit deinem Triumphzug, Imperator?" wandte der Legat ein.

„Hätte ich einen so alten Mann in Fesseln legen und hinter meinem Wagen herschleifen sollen? Die Römer hätten aufgeheult vor Mitleid mit ihm. Nein. Ich will irgendwann, wenn wir diese Punier geschlagen haben, wieder Konsul werden. Also ist es so besser."

„Was machen wir dann mit Memmius?"

„Drei Tage Pranger vor dem Prätorium[10]. Das sollte genügen."

„Und der Tote?"

„In seinem Alter wird er sicher Verfügungen getroffen haben, wie er begraben zu werden wünscht. Findet das heraus und bestattet ihn dementsprechend.

---

[10] Zelt des Befehlshabers im Legionslager

Unsere Ingenieure sollen seine Kriegsmaschinen demontieren und studieren, vor allem seinen ‚Langen Arm'. Wir werden so etwas sicher gebrauchen können."

„Wie du es wünschst, Imperator."

„Und noch etwas, Calpurnius. Durchsucht das Haus, meinetwegen auch die Stadt, Bibliotheken, Archive, alle Gebäude, in denen Pläne, wissenschaftliche Abhandlungen und Zeichnungen aufbewahrt werden könnten. Sammelt alle Dokumente ein, die darauf hinweisen, daß sie von Archimedes stammen. Verbrennt sie. Es darf nichts übrigbleiben. Und nun wegtreten, alle Mann."

„Zu Befehl", sagte Calpurnius. Die beiden Bewacher faßten Memmius unter, salutierten und schleppten ihren Gefangenen aus dem Haus. Calpurnius folgte ihnen. Nun war Marcellus wieder allein. Stumm betrachtete er noch einmal den erschlagenen Alten. Beinahe tat es ihm leid, Archimedes nicht nur das Leben genommen zu haben, sondern auch noch das Lebenswerk. Aber er konnte nicht zulassen, daß Pläne, die dieses Genie entworfen hatte, in die Hände des Feindes gerieten, und was seine mathematischen Spielereien mit Hohlkörpern, Dreiecken und sonstigen geometrischen Figuren betraf, so wäre das ohnehin niemandem dienlich und des Aufbewahrens nicht wert. Marcellus zweifelte nicht daran, daß die pragmatisch veranlagte Römische Republik irgendwann einmal Herrin des Mittelmeers sein würde. Und wenn sie es war, dann würde sie für die Hirngespinste verweichlichter Griechen sicherlich keinerlei Verwendung haben.

—

Einen Monat später saß Eratosthenes von Kyrene, der Leiter der Bibliothek von Alexandria, spätabends in seinem Arbeitszimmer und sichtete im Öllampenlicht die Bucheingänge des vergangenen Tages. Fünf davon würde er in den nächsten Tagen ins Skriptorium zum Kopieren geben. Sie sollten Bestandteil der Bibliothek werden. Das meiste, was auf den im Hafen liegenden Schiffen über Tag entdeckt und für die Bibliothek konfisziert worden war, mußte er allerdings verwerfen. Es waren dilettantische Schmierereien unbedeutenden Inhalts, geschrieben von genauso unbedeutenden Männern. Manchmal glaubte er, verzweifelt um Anerkennung ringende Autoren schickten ihre Machwerke absichtlich auf eine Schiffsreise nach

Alexandria, in der Hoffnung, sie würden von ihm entdeckt und in der Bibliothek der Öffentlichkeit zugänglich gemacht. Er war gerade dabei, einen Aufsatz über die systematische Darstellung ausgesprochen großer Zahlen zu lesen, die seine Angestellten auf einem Frachter aus Massilia gefunden hatten. Je mehr er las, desto eindeutiger wurde es jedoch, daß die Schrift vom „Sandrechner" des Archimedes von Syrakus nicht nur inspiriert, sondern regelrecht abgekupfert war. Jede Zeile ein Plagiat. Er schüttelte den Kopf über so viel Dreistigkeit und setzte eben dazu an, das Schriftstück mit einem Zeichen seiner Mißbilligung zu brandmarken, als Lysander, seine rechte Hand, hereinkam und vor seinem Schreibtisch stehenblieb.

„Was gibt's? Ich dachte, du wärest bereits schlafen gegangen", sagte er und sah auf. Er legte die Schilfrohrfeder aus der Hand. Lysander sah aus, als sei er krank.

„Meister, ich komme gerade vom Hafen. – Schimpf nicht. Ich bin nicht betrunken. Ich habe nur einen Schoppen Wein im ‚Hippokampos' zu mir genommen und bin dort mit der Besatzung eines Korsen zusammengetroffen. – Syrakus ist vor einigen Wochen von den Römern eingenommen worden."

Sofort fragte Eratosthenes: „Was ist mit Archimedes?"

„Das eben ist es. Archimedes ist tot. Die Römer haben ihn erschlagen."

Fahl im Gesicht, starrte Eratosthenes auf den Berg von Papyri, der sich vor ihm türmte. Dann sah er Lysander an. Mit belegter Stimme sagte er: „Das ist traurig, mein Freund. Ein großer Verlust."

Lysander nickte. „Wenn er sich deine Briefe zu Herzen genommen hätte und nach Alexandria zurückgekehrt wäre, dann würde er noch leben."

Doch Eratosthenes schüttelte den Kopf. „Wer weiß das schon? Wer weiß, ob er in der Fremde je so alt geworden wäre wie zu Hause? Ich hätte ihn gerne hier gehabt, ohne Zweifel. Aber seine Zeit in Alexandria war viel zu lange her. Außer uns beiden kannte er hier doch niemanden mehr. Die Bindungen eines alten Mannes an seine Heimat sind nun mal stärker als die an die Stätte seiner Jugendstudien. Und dann bedenke die Bedrängnis, in der Syrakus sich befand. Sein Platz war zu Hause und nicht bei uns. Wir dürfen nicht zu sehr um ihn trauern. Wir sollten uns freuen, daß wir so lange in Kontakt mit ihm gestanden haben und daß er uns alle seine Erkenntnisse und Arbeiten regelmäßig kopiert und geschickt hat."

Er stand auf, kam um den Tisch herum und legte den Arm um seinen Gehilfen. „Weißt du, was wir machen? In den nächsten Tagen schmücken wir den großen Lesesaal mit Blumen und laden zu einer Trauerveranstaltung für ihn. Ich werde eine Rede halten, und es werden viele kommen, die seine Arbeiten kennen und schätzen. Wir werden dafür sorgen, daß sein Name noch heller in der Welt der Gelehrsamkeit leuchtet, als er es jetzt schon tut."

„Das ist eine gute Idee", sagte Lysander. „Und ich werde versuchen, noch etwas mehr über die Ereignisse in Syrakus herauszufinden."

„So machen wir es", sagte Eratosthenes. „Dann geh jetzt und schlaf dich aus. Morgen wartet Arbeit auf uns."

Lysander schneuzte sich und verließ den Raum. Als Eratosthenes allein war, ging er an seinen Schreibtisch zurück. Er nahm die Abhandlung zur Hand, in der er vordem gelesen hatte. Dann griff er nach der Rohrfeder und schrieb in großen Buchstaben quer das Wort „wertlos" über den Text.

29 – Juda und sein Bruder

Juda ben Josef fühlte, wie sein linkes Auge anschwoll. Die Faust eines Zeloten hatte ihn getroffen. Er wischte sich die Nase: Gott sei Dank, sie blutete nicht. Und auch die Brüder schienen den Angriff ohne größere Blessuren überstanden zu haben. Josef saß zwar am Boden und schüttelte benommen den Kopf, aber Jaakov half ihm auf. Schimon dagegen lief aufgeregt am Baugerüst auf und ab und machte seinem Ärger Luft, doch auch er war wohlauf. Keiner der vielen Arbeiter, die am Bau des Gebetshauses mitwirkten, sah aus, als sei er ernstlich verletzt. Die Männer waren schon wieder dabei, Ordnung zu schaffen. Man mußte immer mit Anschlägen religiöser Eiferer rechnen, wenn man in Twerja[11] im Bauhandwerk tätig war. Die Zeloten schätzten weder Herodes Antipas noch seine neuerbaute Residenz. Ein alter, jüdischer Friedhof hatte den Eitelkeiten des Exarchen weichen müssen: Wasser auf die Mühlen derer, die den Fürsten von römischen Gnaden als Heiden verteufelten

---

[11] hebr. Name der Stadt Tiberias

und sowohl seine Herrschaft in HaGalil[12] als auch das römische Protektorat in Yehuda[13] lieber heute als morgen beendet hätten. Daß ihre handgreiflichen Unmutsbekundungen zuweilen auch ihre jüdischen Mitbürger trafen, die sich auf Herodes' Baustellen ihren Lebensunterhalt verdienen mußten, weil es in HaGalil sonst kaum Arbeit gab, interessierte sie wenig. Wer für Herodes arbeitete, war für sie ein Verräter an der jüdischen Sache, selbst wenn er ein Gebetshaus errichten half. Ihre Überfälle betrachteten sie als vorweggenommenes Strafgericht Gottes für alle Abweichler. Und deswegen mußte man auf ihre Angriffe gefaßt sein. Den Überfall heute morgen durften die Zeloten indes als Mißerfolg werten. Die Arbeiter hatten Waffen zur Hand gehabt und sie auch eingesetzt. Ebenso schnell, wie sie aufgetaucht waren, hatten sich die Angreifer wieder zurückziehen müssen. Nur Juda, der hatte Pech gehabt. Daß Jaakov mit besorgtem Gesicht auf ihn zukam, sah er nur noch mit dem rechten Auge.

„Laß mal sehen", sagte der Bruder und betastete vorsichtig Judas geschwollene Augenpartie.

---

[12] hebr. Name Galiläas („Land der Heiden")
[13] hebr. Name Judäas („Land der Juden")

„Ach, halb so schlimm", winkte Juda ab, zuckte bei der Berührung aber dennoch zurück. „Jedenfalls, wenn du nicht daran herumdrückst."

„Na, ich weiß nicht", gab Jaakov zurück und wandte sich dann zu den beiden um. „Was meint ihr?"

Nun kamen auch Josef und Schimon heran.

„Gut sieht das nicht aus", stellte Josef fest.

„Du solltest es kühlen", sagte Schimon. „Das beste ist, du hörst auf zu arbeiten und gehst heim. Vielleicht ist es übermorgen wieder besser."

„Unsinn", antwortete Juda. „Wir haben doch gerade erst angefangen. Außerdem gibt es heute nachmittag Lohn. Ich bleibe mindestens bis zum ersten Hornsignal wie ihr auch."

„Sei vernünftig, Juda", sagte Jaakov. Er war der älteste von ihnen. „Deinen Lohn für fünf Tage bringen wir dir mit. Du weißt, daß es drei Stunden bis Nazrat sind. Wie willst du heute nachmittag rechtzeitig vor der Dämmerung zu Hause ankommen, wenn du nicht richtig sehen kannst?"

„Ich habe doch euch", wandte Juda ein.

„Und mit dir im Schlepptau werden aus den drei Stunden dann vier?" spottete Josef. „Nein, danke, dann kommen wir alle erst nach Anbruch des Schabbat zu Hause an. – Hör lieber auf Jaakov. Geh jetzt nach Hause und laß dich von deiner Frau versorgen."

Der Gedanke, den Lohn für den sechsten Arbeitstag in dieser Woche zu verlieren, behagte Juda nicht. Offensichtlich aber wollten seine Brüder sich nicht mit ihm belasten, wenn sie heute, wie sie es an jedem Rüsttag[14] taten, den Heimweg nach Nazrat antraten.

Also gab er sich geschlagen, packte seine Siebensachen und verabschiedete sich. Er verließ Twerja nicht ungern. Die Stadt war erst vor wenigen Jahren als Sündenpfuhl gegründet worden und würde ein Sündenpfuhl bleiben. Herodes hatte sie im griechischrömischen Stil erbauen lassen: Tempel, Foren, Bäder und Arenen, lauter Vergnügungsstätten für Griechen und Römer – und für Juden, die mit ihnen klüngelten. Leider gab es davon mehr als genug, denn sie hatten in HaGalil das Sagen. Sie verwalteten die Städte, und das Land gehörte ihnen. Ein Jude wie er, einer, der sich an die Gesetze hielt und sich dem alten Bund mit dem Gotte Avrahams verpflichtet fühlte, hatte Glück, wenn er in dem Land, das seinen Vorfahren einst gegeben

---

[14] Tag vor einem jüdischen Feiertag

worden war, noch sein Dasein fristen und die immensen Steuern zu bezahlen vermochte. Manchmal konnte Juda die Zeloten verstehen, die sich mit all dem nicht mehr abfinden wollten und danach trachteten, die Fremdherrschaft gewaltsam zu beenden. Kein rechtschaffener Jude wollte in Unterdrückung leben. Die meisten von ihnen hofften, daß eines Tages mit Gottes Hilfe, wie es ihnen die Propheten angekündigt hatten, das Königreich Davids wiedererstehen würde. Sie alle warteten auf den Meschiach, auf den Gesalbten, auf den Menschen, den Gott zu seinem Werkzeug erwählen würde, um dereinst das Volk wieder zu einen, das Friedensreich Jisrael zu errichten und den Frieden von dort aus in die ganze Welt zu bringen. Er würde ihr König werden und den Bund mit dem Gott Avrahams erneuern, zum Wohle für sie alle.

Es hatte in den vergangenen Jahrzehnten immer mal wieder jemanden gegeben, der sich für den Gesalbten hielt, und dem einen oder anderen war es auch gelungen, ein paar Spinner als Jünger um sich zu scharen, aber zu einem ernsthaften Aufstand gegen die Truppen der Römer oder ihrer Vasallenfürsten war es nie gekommen. Wer immer sich bisher als Meschiach ausgegeben hatte, war irgendwann kläglich gescheitert. Der echte hatte sich bisher nicht blicken lassen, und eines nicht mehr fernen Tages würde das Volk Gottes gezwungen sein, seine einstmals schönen Hoffnungen in der Wüste zu Grabe zu tragen. Die Zeloten aber stemmten sich mit allen Mitteln gegen dieses Schicksal. Juda glaubte manchmal, sie wollten mit ihren Anschlägen das Erscheinen des Meschiach erzwingen. Was für ein Ansinnen! Als ob Gott sich würde erpressen lassen ... Der Zeloten Ziele mochten hehr sein, aber ihre Methoden ließen zu wünschen übrig. Und wenn sie keinen Unterschied machten zwischen Juden, die die Fremdherrschaft guthießen, und jenen, die sie aus Not akzeptierten, dann würden sie die Massen, die sie aufzuwiegeln versuchten, dereinst noch gegen sich aufbringen, anstatt sie für ihre Sache zu gewinnen. Darum war es töricht, jüdische Bautrupps in Twerja anzugreifen, mochte man die Hauptstadt des Herodes auch zu Recht verachten.

Juda kam, den Jam Kinneret[15] im Rücken, trotz seines eingeschränkten Sehvermögens auf dem Weg nach Nazrat recht gut voran. Warum seine Brüder ihn we-

---

[15] hebr. Name des Sees Genezareth

gen eines blauen Auges als Klotz am Bein betrachteten, verstand er nicht. Er kannte die Strecke schließlich. Selbst gänzlich blind hätte er nach Hause gefunden.

Drei Stunden nach seinem Aufbruch machte die Straße einen Knick und stieg an ins bergige Vorland seiner Heimatstadt. Just zu Mittag lag Nazrat vor ihm, in einem trichterförmigen Tal, an dessen Hängen sich fruchtbare Terrassen heraufzogen. Mit dieser Anbauweise trotzte man dem kargen Felsen Wein, Getreide und Oliven ab.

Als Juda seine Heimatstadt so daliegen sah, eingebettet in die vertraute, steinige Mulde, wurde ihm wieder einmal bewußt, wie armselig sie sich ausnahm im Vergleich zu Twerja und Zippori[16], an denen Herodes Antipas seine Bauwut ausgetobt hatte. Ein Bad oder ein Theater suchte man vergebens. Einfache Behausungen, errichtet aus dem groben Kalkstein der Umgebung, das war Nazrat. Das beeindruckendste seiner Bauwerke: ein schmuckloses, quaderförmiges Gebetshaus, im Gegensatz zu jenem Gebäude, an dem seine Familie in Twerja arbeitete, nicht repräsentativer als

---

[16] hebr. Name der Stadt Sepphoris

ein Schafstall. Und wie Nazrat, so auch die Menschen. Wer hier lebte, war in der Regel bescheiden, gottesfürchtig und achtete das Gesetz. Wer hier zur Welt kam, hieß Mosche oder Jethro und nicht Philipp oder Gaius, wie es in anderen jüdischen Familien modern war. Es gab hier keine öffentlichen Wasserleitungen und keine breiten Prachtstraßen. Das Wasser sammelte man in Zisternen, und wer sich vornehm genug dünkte, um sich auf einem Reittier fortzubewegen, der wählte einen Esel, eine Wahl, die nicht allein dem bescheidenen Lebensstandard geschuldet war, denn kein Pferd hätte die engen, steilen Felsstraßen Nazrats je zu überwinden vermocht.

Hier kannte jeder jeden, und noch bevor Juda die Stadt betreten hatte, hielt ihn Rahel an, die Nachbarin seiner Mutter Mirjam.

„Gut, daß du kommst, Juda. Du solltest schnell im Hause deiner Mutter vorbeischauen." Sein blaues Auge bedachte sie mit keinem Wort. „Es hat Ärger gegeben am Gebetshaus. Dein Bruder wollte dort zum Schabbatbeginn predigen. Der Rabbi hat ihm aber die Tür gewiesen, und als er sich nicht abwimmeln lassen wollte, da haben ihm einige hier aus der Stadt eine kleine Abreibung verpaßt."

„Mein Bruder?" Juda begriff nicht. „Welcher Bruder?"

„Nun frag doch nicht so dumm. – Jeschua natürlich. Er kam vor zwei Tagen von sonstwoher und tut sich mal wieder wichtig. Will immer noch die Leute belehren. Deine anderen Brüder und du, ihr solltet ihn endlich zur Vernunft bringen."

Das hatte Juda noch gefehlt. Nach seiner stundenlangen Wanderung war seine Kleidung staubig, sein Auge schmerzte – er wollte nur nach Hause. Aber darüber, daß Jeschua in der Stadt war und Ärger verursachte, konnte er nicht einfach hinwegsehen. Jeschua war ein Querulant. Kein Wunder, daß die Männer aus Nazrat ihn zur Raison bringen mußten. Mirjam einmal ausgenommen, hatte die ganze Familie mit ihm gebrochen. Wenn es zu vermeiden war, erwähnte man den ältesten Bruder nicht. Manche in der Stadt behaupteten, er sei nicht einmal Josefs leiblicher Sohn. Das glaubte Juda zwar nicht, aber immerhin war Jeschua gezeugt worden, bevor Mirjam und Josef verheiratet gewesen waren. Dennoch hatte er in der Familie immer seinen Platz gehabt und den Zimmermannsberuf ebenso vom Vater gelernt wie Juda und die drei anderen Brüder. Nach dem Ende seiner Lehre war er zunächst in der Werkstatt des Vaters geblieben. Jeschua war dabeigewesen, als Herodes Zippori wiederaufgebaut hatte, und er hätte auch in Twerja dabeisein können. Aber Jeschua war sich zu schade zum Arbeiten. Seit zwei Jahren ging er seiner eigenen Wege. Er war oft aushäusig, las im Tanach, stritt sich mit Pharisäern, Zeloten und Essenern herum und zitierte bei jeder sich bietenden Gelegenheit aus der Heiligen Schrift, als hätte er sie selbst verfaßt. Deswegen hatte er trotz seiner gut dreißig Jahre auch immer noch keine eigene Familie gegründet. Dann hätte er sein unstetes Leben nämlich aufgeben müssen. Wovon er eigentlich lebte, wußte niemand. In der Fremde ging er vermutlich betteln. Wenn er sich tatsächlich einmal in Nazrat sehen ließ, sei es auch nur, um seine Mutter zu besuchen, dann erwartete er wie selbstverständlich, daß man ihn versorgte. Wer für diese Besuche aufkam, war klar: seine schwerarbeitenden Brüder. Deswegen hatten sie ihm auch schließlich verboten, nach Nazrat zu kommen und ihnen auf der Tasche zu liegen. Seitdem war er verschwunden gewesen. Hin und wieder hörte man das eine oder andere Gerücht über ihn. Aber mit Gewißheit wußte in der Familie niemand, wo er war und was er trieb. Nicht einmal der Mutter hatte er Nachricht zukommen lassen, und die Sorge um ihren Ältesten schien ihr schwer zu schaffen zu machen, auch wenn sie versuchte, es zu verbergen. Jeschua war schon ein Taugenichts – damit hatten seine Brüder sich schweren Herzens abgefunden. Aber daß er nun aus dem Nirgendwo einfach wieder auftauchte, um auch die übrigen Stadtbewohner mit seinem Geschwätz zu belästigen, ging zu weit.

„Also", sagte Rahel schließlich, nachdem sie vergeblich auf eine Antwort Judas gewartet hatte. „Ich muß weiter. Du wirst schon das Richtige tun. Schalom, Juda ben Josef. Einen schönen Schabbat für dich und deine Familie." Sie hob zum Abschied die Hand und ließ den sprachlosen Juda zurück.

Die alte Rahel genoß in Nazrat nicht den besten Ruf. Sie war neugierig, mischte sich gern in Dinge ein, die sie nichts angingen, und trug mit Vorliebe weiter, was man ihr anvertraute, auch wenn es unter der Auflage der Verschwiegenheit gesagt worden war. Aber sie log nicht. Statt nach Hause zu seiner Frau zu gehen, bog er ab in die Gasse, in der sein Elternhaus stand. Vor dem Zugang zum Innenhof blieb er stehen. Stoßartig preßte er die Atemluft aus seinen Nasenlöchern. Das beruhigte ihn zumeist, wenn er wütend war. Aber diesmal half es nicht. Mit geballter Faust hämmerte er gegen das Tor, das er und Schimon im letzten Jahr gezimmert hatten, und hielt erst inne, als er bemerkte, daß der Lehmputz aus dem Rahmen rieselte. Doch da ging das Tor schon auf, und vor Juda stand jemand, den er seit einem halben Jahr nicht mehr gesehen hatte: Jeschua, sein Bruder, im Gesicht die unübersehbaren Spuren einer gewalttätigen Auseinandersetzung.

„Juda", rief er. „Wie schön, dich zu sehen. Sind die anderen auch da? Wie siehst du denn aus? Wolltest du auch im Gebetshaus reden?" Er lachte und wollte den Jüngeren umarmen, aber Juda wich ihm aus. Falls es ihm etwas ausmachte, vor kurzem Schläge eingesteckt zu haben, merkte man es Jeschua nicht an. Er blieb immer die Ruhe selbst. Selbst wenn man ihn provozierte, reagierte er gütig. Und obwohl er genau wußte, daß sein Bruder sich nicht freute, ihn hier zu sehen, ignorierte er es einfach. Jeschua brachte es fertig, auch dann noch gelassen zu lächeln, wenn man ihn einen Hundsfott nannte. Und meistens war er damit erfolgreich. Er hatte die Gabe, jegliche Aggression mit seiner Freundlichkeit zu ersticken. Es war unerträglich. Daß seine Strategie im Gebetshaus von Nazrat offensichtlich versagt hatte, erfüllte Juda mit Schadenfreude. Er stieß das Tor weiter auf und schob den Bruder beiseite. Der Innenhof lag nach Süden am Stadtrand. Er war sauber, geräumig und windgeschützt. Die Balken, auf denen das Hausdach ruhte, reichten bis an die Innenhofmauern heran. Wilder Wein wand sich dort hinauf und hinüber bis an das Dach, ein Baldachin aus Ranken und Blättern. In Nazrats Innenhöfen fand das halbe Leben seiner Bewohner statt: Dort standen Tiere und Geräte. Wenn die Jahreszeit es zuließ, wurde dort gegessen, gewaschen, gewebt und gekocht. Und wenn man Gäste hatte, dann empfing man sie meistens dort. Der lange Tisch war gedeckt. Mirjam hatte ihre hübsche Festtagsdecke aufgelegt, und zwei Teller standen sich gegenüber. Ohne Zweifel, sie war im Begriff, mit ihrem Ältesten zu Mittag zu essen. Eben kam sie mit dem Brot aus der Haustür. Als sie Juda sah, tat sie einen kleinen Aufschrei. Das Brot rutschte vom Teller und fiel zu Boden.

„Ach, Mutter", sagte Juda, als er das sah. „Erschrickst du vor mir oder vor deinem schlechten Gewissen? – Keine Angst. Ich will Jeschua nichts. Die alte Rahel hat mir erzählt, was vorgefallen ist. Und so wie er aussieht, hat er seine Lehre ja bereits erteilt bekommen. Aber von dir bin ich trotzdem enttäuscht. Diese Heimlichtuerei haben wir nicht verdient. Rahel behauptet, er sei schon ein paar Tage hier." Er ließ sich, vom weiten Heimweg erschöpft, auf die Bank fallen, die Tischplatte im Rücken.

Mirjam hob das Brot wieder auf und legte es mit leicht bebenden Händen auf die Tischdecke. „Das ist wahr. Seit vorgestern; er hat hier geschlafen."

„Und er kommt wahrscheinlich häufiger, nicht wahr?" fragte Juda. „Aber nur, wenn wir weit weg auf einer Baustelle sind."

Darauf ging Mirjam nicht ein. Statt dessen sagte sie: „Was ist mit deinem Gesicht passiert, mein Sohn? Hast du dich etwa auch geprügelt? – Ich habe Jeschuas Kratzer schon versorgt. Warte, ich bring etwas Wasser zum Kühlen."

„Lenk jetzt nicht ab, Mutter. Ich will erst diese Sache klären."

Mirjam nickte. Eine Weile blickte sie eingeschüchtert zu Boden. Doch dann sah sie wieder auf.

„Ich weiß, daß es nicht recht ist, Juda. Ich weiß, daß ihr mich seit eures Vaters Tod versorgt und daß ihr mit dem, was Jeschua tut, nicht einverstanden seid. Aber das ist mein Haus. Und Jeschua hat hier schon gewohnt, als ihr noch gar nicht geboren wart. Wie könnt ihr es also wagen, ihm den Aufenthalt hier zu verweigern? Als ältester von euch ist nun er das Haupt unserer Familie. Und jetzt kommt er geradewegs aus der Wüste. Er hat dort vierzig Tage zugebracht. Das war hart genug für ihn."

„Juda", mischte sich nun auch Jeschua ein. Er hatte einen Zweig vom Weinstock gebrochen, setzte sich neben den Bruder und sah ihm offen ins Gesicht, wie das so seine Art war. „Wo liegt denn das Problem? Was nehme ich euch weg, so selten, wie ich hier bin? Verarmt ihr dadurch, daß ich hier ab und an schlafe und während dieser Zeit zwei Mahlzeiten pro Tag bekomme?"

Juda schüttelte den Kopf. „Nein, natürlich verarmen wir dadurch nicht. Es geht hier um etwas anders. Es geht darum, daß wir anderen unsere Pflichten gegenüber unserer Mutter wahrnehmen, wie es das Gebot bestimmt. Wir nähren sie, wir kleiden sie, wie es sich gehört für ein erwachsenes Kind. Du allerdings tust nichts dergleichen. Du gehst deinen Vergnügungen nach und lebst auf unsere Kosten. Und wenn du mal hier bist, dann blamierst du uns in der ganzen Nachbarschaft. – Ich weiß ja nicht, was einen dazu treibt, vierzig Tage in der Wüste zuzubringen, aber Pflichtgefühl ist es bestimmt nicht."

„Ach, mein lieber Sohn." Mirjam strich Juda übers Haar und setzte sich dann neben Jeschua. „Sei doch nicht so streng mit deinem Bruder."

„Nimm du ihn auch noch in Schutz", sagte Juda vorwurfsvoll. „Das hast du ja immer getan. Er konnte machen, was er wollte, alles hat dich stets entzückt. Er war immer dein Liebling."

„Er war ja auch immer ein außergewöhnlicher Junge", gab Mirjam zurück. „Könnt ihr etwa lesen und schreiben? Nein, keiner von euch. Aber Jeschua liest sogar in der Sprache[17] des Tanach, und das ebenso gut wie der Hohepriester in Jeruschalajim, möchte ich meinen."

„Ja, weil er dem Rabbi damals so lange in den Ohren gelegen hat mit seinem Wunsch, etwas Besonderes zu lernen, bis der sich nicht mehr anders zu helfen wußte, als ihm alles beizubringen, was er selbst je gelernt hat, egal ob nützlich oder nicht. Damals schon haben wir in der Werkstatt oft genug die Arbeit unseres großen Bruders mitmachen müssen, weil auch Vater stets auf seiner Seite war. ‚Jeschua wird mal ein kluger Mann', hat er immer gesagt. ‚Jeschua wird mal Rabbi.' Nun schau dir an, was aus Jeschua geworden ist: ein Landstreicher, der durch sein neunmalkluges Geschwätz ehrbare Leute gegen sich aufbringt. – Ich habe gehört, du hättest dich eine Zeitlang jenseits des Nehar-ha-Jarden[18] bei diesem dubiosen Asketen herumgetrieben, der die Leute in den Fluß taucht und behauptet, das Ende der Welt sei nah. Stimmt das?"

„Juda", sagte Jeschua da liebevoll. „Mein Schicksal ist eben nicht das eines Zimmermannes ..."

---

[17] Hebräisch; die Menschen sprachen zu jener Zeit in Palästina nämlich Aramäisch
[18] hebr. Name des Jordan

„Ich habe gefragt, ob es stimmt, daß du bei diesem Asketen gewesen bist?"

„Ja, es stimmt. Ich war beim Täufer am Fluß. Und ich habe mich von ihm taufen lassen."

„Taufen nennt sich das! Na, großartig", Juda lachte auf. „Es gibt ein paar Schwachköpfe, die behaupten, dein Täufer sei der wiedergekehrte Elijahu[19] und werde dem Meschiach den Weg ebnen. War es das, was du im Gebetshaus verkünden wolltest? Bist du dem Meschiach begegnet? Wenn das so ist, könntest du dich vielleicht mal mit den Zeloten ins Benehmen setzen, die so ungeduldig auf ihn warten. Vielleicht lassen sie dann unbescholtene Bürger in Frieden ihre Arbeit tun." Er blinzelte, so gut es mit seinem lädierten Auge ging.

Jeschua hatte derweil, die Unterarme auf die Oberschenkel gestützt, begonnen, mit dem abgebrochenen Zweig im Sand zu malen. Er war selten um Worte verlegen und hätte auch auf Judas Vorwürfe gewiß eine Erwiderung gewußt, aber bevor er etwas entgegnen konnte, ergriff Mirjam das Wort: „Juda, Jeschua und ich, wir müssen dir etwas sagen. Wir ahnen es schon

---

[19] Prophet Elija

seit vielen Jahren, haben es aber immer für uns behalten. Jetzt jedoch besteht kein Zweifel mehr daran, und deshalb sollst du der erste aus der Familie sein, der es erfährt: Denn dein Bruder ist dem Meschiach nicht begegnet – er ist selbst der Meschiach. Und ja, er ist gekommen, um seiner Heimatstadt die frohe Kunde zu bringen."

Juda schwieg zunächst. Es bedurfte schon einiger Augenblicke, um die Tragweite dieser Worte zu ermessen. „Jeschua der Meschiach?" fragte er darum noch einmal nach und blickte abwechselnd Mirjam und Jeschua an.

„Ja", bestätigten beide zugleich und machten dabei so ernste Gesichter, daß Juda die Heiterkeit, die in ihm aufkommen wollte, gleich wieder herunterschluckte.

„Deswegen deine Eskapaden über all die Jahre?"

„Ich brauchte Gewißheit", gab Jeschua freimütig zurück. „Und die habe ich jetzt."

„Du bist verrückt, mein Lieber", sagte Juda da. „Du bist nicht eigensinnig oder selbstsüchtig, wie ich immer gedacht habe. Du bist einfach nur verrückt. – Du hältst dich für den Gesalbten Gottes? Wie kommst du dazu?"

„Er erfüllt die Kriterien", warf wiederum Mirjam ein, und Juda meinte, dabei einen Unterton von Stolz herauszuhören.

„Welche Kriterien?" Juda war zwar ein frommer Jude, arbeitete am Rüsttag niemals länger als bis höchstens zum zweiten Hörnersignal, hielt die Speisegesetze ein und fastete klaglos am Versöhnungstag, doch er war Handwerker und kein Schriftgelehrter.

„Die, die bei Jeschajahu[20] stehen."

„Und die wären?"

„Er ist aus dem Stamme Juda und aus dem Hause Davids."

Juda atmete tief durch. Er wischte sich die Stirn, denn es war heiß. „Das sind keine Gründe", sagte er. „Aus Judas Stamm sind viele, und aus Davids Haus stammen selbst hier in Nazrat noch genug andere Männer – alle deine Söhne zum Beispiel, Mutter. Ebensogut könnte also auch ich mir einbilden, ich sei der Gesalbte."

„Du bist aber nicht in Beth Lechem geboren", gab Mirjam zu bedenken.

„Ist das auch ein Kriterium?"

---

[20] Prophet Jesaja

„Ja, das ist es. Du weißt, daß dein Vater und ich wegen der Volkszählung, die die Römer damals veranstalteten, in Yehuda unterwegs waren, als ich hochschwanger war. Jeschua kam in Beth Lechem zur Welt. Der Gesalbte, so heißt es, muß nicht nur ein Nachfahre Davids sein, sondern auch in Davids Stadt geboren."

„Und das steht alles bei Jeschajahu?"

„Das mit Beth Lechem steht bei Micha."

„Und ist das jetzt alles? Oder kommt da noch mehr?"

„Nein, das ist alles", sagte Mirjam.

„Und dieses wenige macht euch glauben, Jeschua sei der Gesalbte, der König Davids Reich erneuern wird? – Das ist lächerlich."

„Der Täufer hat mich nicht ausgelacht", erklärte Jeschua. „Und der Aufenthalt in der Wüste hat mir meine Aufgabe bestätigt. Gott selbst ist mir dort begegnet und hat sie mir zuerteilt."

„Das nächste Mal, wenn du in die Wüste gehst, solltest du ausreichend zu trinken mitnehmen, damit du nicht zu phantasieren anfängst", entgegnete Juda. Abrupt stand er auf und ging hinüber zu dem Verschlag, in dem Mirjam zwei Ziegen hielt. Sein verletztes Auge begann zu pochen. Er hätte Mirjams Hilfsangebot annehmen sollen, wenn er in zwei Tagen wieder arbeiten wollte. Und doch war es nicht die Verletzung, die ihm Sorgen machte.

Eines der beiden Tiere erhob sich blökend. Es glaubte wohl, aus Judas Hand eine Extraleckerei zu bekommen. Aber die Ziege ging leer aus. Umsonst ihr Betteln und Blöken. Juda sah sie gar nicht. Er dachte nur an eines: Sein Bruder der Meschiach, der zukünftige König der Juden? Etwas Törichteres hatte es zuvor nicht gegeben.

„Hör zu", sagte er, als er sich wieder zum Tisch umwandte, wo in Eintracht miteinander und offenbar auch mit ihrer fixen Idee seine Mutter und sein Bruder saßen: Jeschua, immer noch beschäftigt mit seinen Sandkritzeleien, Mirjams Hand ruhend auf seiner linken Schulter. „Ich habe die Bücher nicht gelesen und weiß darum nicht, was wo steht. Aber auch ich rede mit den Leuten, und die Vorstellungen, die die Leute vom Meschiach haben, strotzen nur so von Widersprüchen. Es gibt Menschen, die sagen, der Heilsbringer wird ein Kriegsherr sein. Andere meinen, er wird keinen Krieg führen, sondern nur mit seinem Wort die Völker richten. Und wieder andere glauben, der Meschiach werde unendliches Leid erdulden müssen. Welcher dieser Gesalbten glaubst du denn zu sein?"

„Das ist unerheblich, Juda", antwortete Jeschua. „Das weiß Gott allein. Ich werde mich dem beugen, was er für mich vorgesehen hat."

„Und wenn er nun den Tod für dich vorgesehen hat, was dann?"

Ein Ruck ging da durch Jeschuas Leib. Fort warf er den Stock, mit dem er im Sand gemalt hatte. Endlich, dachte Juda, mußte dann jedoch stutzen: Jeschua richtete, sein Gesicht von Schmerz verzerrt, den Oberkörper auf und führte die rechte Hand an die linke Seite seines Körpers unterhalb der Rippen. Selbst schuld, dachte Juda. Wahrscheinlich hatte er sich bei der Auseinandersetzung vor dem Gebetshaus eine Prellung zugezogen. Mirjam jedoch reagierte besorgter als er. Als sie die Geste sah, fiel ihre Hand von Jeschuas Schulter. Ihr Kiefer zitterte. Jeschua wandte sich ihr zu. Dann nahm er die Rechte von der schmerzenden Seite, strich der Mutter tröstlich über die Wange, und schließlich entspannten sich seine Züge.

„Warum sollte Gott den Tod für seinen Gesandten vorgesehen haben?" fragte er seinen Bruder. „Das ergibt doch keinen Sinn. Er soll der König von Jisrael werden."

„Glaubst du im Ernst, daß der römische Präfekt da unten in Yehuda oder Herodes hier in HaGalil sich in aller Ruhe mit ansehen werden, wie du durch ihr Hoheitsgebiet marschierst und überall verkündigst, du seiest der künftige König von Jisrael, der alle fremden Machthaber aus dem Land treiben wird? – Sie werden dich ergreifen und töten."

„Das wird nicht passieren", behauptete Jeschua.

„Nein?" gab Juda zurück.

„Nein. Es mag sein, daß der Gesalbte in Gefahr gerät. Das will ich nicht bestreiten. Ich habe die Ablehnung ja heute erlebt. Vielleicht wird man auch gezielt gegen ihn vorzugehen versuchen. Aber was immer sie auch anstellen werden, gegen Gott sind sie machtlos. Wenn der Gesalbte gebunden wird, wird Gott seine Fesseln lösen. Sperrt man ihn ein, wird Gott ihm die Kerkertüren öffnen. Und will man ihn hinrichten, dann wird Gott das Richtschwert in einen Palmzweig verwandeln."

Was sollte man dazu noch sagen? Juda gab sich geschlagen. Er hatte alle Einwände hervorgebracht, die ihm eingefallen waren. Er wußte nicht mehr weiter. Wenn Jeschua sein Leben wegwerfen wollte, so mußte es Juda eben gleichgültig sein. Nur Mirjam, die war ihm nicht gleichgültig. Sie würde mehr als jeder andere Mensch darunter leiden, Jeschua zu verlieren. Juda hatte ihre Angst gespürt, als er von der Gefahr für Jeschua gesprochen hatte. Vielleicht aber war diese Angst auch zu etwas gut. Vielleicht würde sie Mirjam auf den Pfad der Vernunft zurückbringen. Und eine Mirjam, die von ihrer eigenen gefährlichen Überzeugung abließ, die mochte in der Lage sein, auch Jeschua zu beeinflussen. Mit diesem hoffnungsvollen Gedanken betrachtete Juda seine Mutter. Und wirklich: Ihre Augen, unverwandt auf ihren Ältesten gerichtet, schwammen in Tränen, aber nicht, wie Juda hoffen mochte, aus Angst oder Trauer. Denn sie lächelte Jeschua zu, nahm seine schmale Linke und drückte sie fest.

64 – Neros Rom

Darum werden ihre Plagen an einem Tag kommen, Tod, Leid
und Hunger, und mit Feuer wird sie verbrannt werden; denn
stark ist Gott der Herr, der sie richtet.

Offenbarung des Johannes, 18,8
(Der Untergang Babylons)

Als Seneca an diesem Julimorgen nach dem Aufstehen ins Speisezimmer ging, um ein leichtes Ientaculum[21] einzunehmen, nichts Besonderes, nur ein Löffelchen Moretum[22] und etwas Obst, hatte er sich innerlich schon auf einen Monat gepflegter Langeweile vorbereitet.

Wie jeden Sommer weilte der ganze Hofstaat des Kaisers in Antium. Obwohl Seneca sich vor zwei Jahren aus dem Umfeld Neros zurückgezogen hatte, legte der Kaiser doch immer noch Wert darauf, seinen alten Lehrer ab und an zu sehen. Diesmal war es Seneca nicht gelungen, sich der Einladung in die kaiserliche Residenz am Meer zu entziehen. Sehr nachdrücklich hatte Nero darauf bestanden, ihn zu Gast zu haben. Das lag wohl auch daran, daß der Kaiser für die kom-

---

[21] römisches Frühstück
[22] eine Art antiker Kräuterquark

mende Neronia[23] proben wollte, und dazu brauchte er ein möglichst kunstsinniges Publikum. Daß weder aus den Proben noch aus seinem geruhsamen Frühstück etwas werden würde, ahnte Seneca allerdings sehr bald. Sämtliche Bediensteten befanden sich an diesem Morgen in derart geschäftiger Betriebsamkeit, daß sie ihm höchst übertrieben vorkam. Gewißheit bekam er jedoch erst, als einer von Neros Freigelassenen an ihm vorbeizueilen versuchte. Eben noch bekam Seneca ihn an den Schößen seiner Toga zu fassen: „Nicht so schnell, Epaphrodites. Was ist los? Gibt es heute kein Frühstück?"

„Du mußt selbst in die Küche gehen und sehen, was noch da ist, Herr", antwortete Epaphrodites. „Wir haben alle den Befehl, umgehend nach Rom zurückzukehren. Caesar selbst ist schon vor zwei Stunden aufgebrochen. Die Stadt brennt, Herr."

Für weitere Erklärungen hatte der Vertraute des Kaisers keine Zeit mehr. Er riß sich los und verschwand genauso schnell, wie er aufgetaucht war.

An Frühstück war jetzt nicht mehr zu denken. Von einer auf die andere Minute fühlte Seneca sich, als hät-

---

[23] ein künstlerischer Wettkampf, den Nero im Jahre 60 ins Leben rief

te man ihm flüssiges Blei in den Magen gepumpt. Ihm fiel einer der Balkone im dritten Stock des Gebäudes ein. Seneca hatte ihn eigentlich immer als eine Fehlkonstruktion betrachtet, denn er zeigte nach Norden, und deshalb konnte man das Meer und den Strand nicht sehen. Diesmal aber konnte sich der Mangel als ausgesprochen nützlich erweisen. Seneca sprang die Treppen der Villa hinauf, so gut das eben mit seinen bald vierundsechzig Lebensjahren noch ging, rannte durch das sogenannte Musenzimmer und stellte sich auf den Balkon. Dort, wo hinter den Bergen in etwa vierzig Meilen Entfernung die Ewige Stadt zu vermuten war, wölbte sich ein karmesinroter Widerschein. Tatsächlich. Rom brannte, doch diesmal so schlimm, wie Seneca es bisher noch nicht erlebt hatte.

Was sollte er tun? Eingedenk seines Alters war es sinnlos, sich beim Löschen nützlich machen zu wollen. Überdies hatte der Kaiser dafür seine gutausgebildeten und mannigfach erprobten Feuerwehren. Man würde des Brandes auch ohne Senecas Hilfe Herr werden.

Neros alter Lehrer kehrte nach Hause zurück, doch er fand dort keine Ruhe. Da sein Landsitz nur wenige Meilen von der Hauptstadt entfernt lag, blieb auch er von den Auswirkungen des Feuers in Rom nicht verschont. Wenn der Wind drehte, wälzten sich Brandgase über den Anio[24], so daß das Atmen schwerfiel. Im Vorland der Sabiner Berge regnete es Rußpartikel. Flugasche legte sich wie schmutziger Schnee auf die Rebstöcke. Mehrere Male am Tag ertappte Seneca seine Füße dabei, daß sie ihn auf eine Anhöhe seines Anwesens trugen, und da stand er dann, den Blick gerichtet auf die Ebene des Tibers, in der Rom lag, und bat alle römischen Gottheiten um Beistand angesichts von so viel Verheerung. Doch jedesmal, wenn er zu sehen vermeinte, daß sich der Qualm über den Häusern verzog, reckte der Brand seine flammenden Arme kurze Zeit später um so höher in den Himmel. Sechs Tage lang hielt Seneca das aus. Dann entschied er sich, nach Rom zu fahren und der Urbs[25] in ihrer schwersten Stunde beizustehen, wenn er auch noch nicht wußte wie.

Als er am späten Nachmittag über die Via Nomentana endlich in die Vorstadt vor der Porta Collina gelangte, wurde ihm der Eintritt von einer Abordnung der Stadtkohorten verwehrt.

---

[24] lat. Name des Aniene (ein Nebenfluß des Tibers)
[25] lat.: die Stadt; hier: Rom

„Aber ich will zum Caesar", beharrte Seneca auf seinem Vorhaben.

„Dann bist du hier ohnehin falsch,", antwortete der Stadtpolizist. „Caesars Haus brennt; es wird nicht zu retten sein. Der ganze Palatin ist evakuiert worden. Nero wohnt jetzt in einer Villa in den Servilianischen Gärten außerhalb der Stadt. Ich kann dir nur raten, dich dorthin zu begeben."

Neros gerade erst erbauter Palast zerstört? Die über Jahre liebevoll gesammelten und streng gehüteten Kunstwerke, des Kaisers ganze Freude, die ausgedehnten Gärten, in denen er so gern flanierte und wo er die Inspirationen für seine Dichtungen empfing: alles ein Opfer der Flammen? Nero würde außer sich sein vor Wut und Trauer über diesen Verlust. Seneca erinnerte sich daran, wie vor etwa einem Jahr die Tochter des Kaisers, die kleine Claudia Augusta, im Alter von gerade mal vier Monaten plötzlich gestorben war. Nero hatte ein Vierteljahr in Lethargie zugebracht nach diesem Schicksalsschlag. Er war zu nichts mehr zu gebrauchen gewesen und hatte sämtliche Amtsgeschäfte an seinen Schützling, den Taugenichts Tigellinus, übergeben. Seneca war sich sicher: Nun drohte ähnliches. Nero lebte ja nur noch für die Kunst. Wenn also seine Kunstschätze in der Feuersbrunst vor die Hunde gegangen waren, dann war es mehr denn je vonnöten, daß Seneca zum Kaiser gelangte, um ihn seelisch zu stützen.

Als er Neros Notunterkunft schließlich gefunden hatte und seinen Freigelassenen Epaphrodites wiedertraf, mußte er erfahren, daß seine Sorge offenbar unnötig war. Der Kaiser hatte sich nicht in die Servilianischen Gärten zurückgezogen, um sich tief in seinen eigenen Kummer zu vergraben. Er war gar nicht da.

„Er hält sich kaum hier auf dieser Tage", sagte Epaphrodites. „Er organisiert die Brandbekämpfung, und das meistens vor Ort."

Weil Seneca nun doch nichts tun konnte, bezog er erst einmal eines der Gästezimmer in der Villa und wartete ab. Er wußte nicht recht, was zu halten war von des Kaisers angeblichem Engagement in dieser Sache. Aber er würde sich überraschen lassen. Erfreulich jedenfalls fand er, daß Nero doch nicht in Stumpfsinn verfallen zu sein schien, zumindest noch nicht.

Am Abend war der Imperator dann zurück. Er beorderte seinen alten Lehrer auch sofort zu sich. Als Seneca den ehemaligen Festsaal der Villa jedoch betrat, stellte er fest, daß Nero bereits Gesellschaft hatte. Der Kaiser war umgeben von einem halben Dutzend Männern. Augenscheinlich hatte hier eine Art Krisenstab zusammengefunden. Nero winkte Seneca herbei, ließ sich von ihm die Hand küssen und küßte ihn selbst auf beide Wangen. Nun hatte Seneca erwartet, Nero, wenn schon nicht in einem Stadium der Niedergeschlagenheit, so doch wenigstens am Ende seiner körperlichen Kräfte anzutreffen, doch da hatte er sich wohl schon wieder geirrt. Der Kaiser war lebendiger denn je. Er trug kein Diadem, wie er das gewöhnlich tat, und obwohl er sonst, was seine Kleidung anging, sehr verwöhnt war, steckte sein bedauerlicherweise schon in seinen Jugendjahren zum Fettansatz neigender Körper heute in der groben Lorica der römischen Legionäre. Sein rotblondes Haar, normalerweise ordentlich frisiert und glänzend wie ein blankgeputzter Kupferpfennig, wirkte zerzaust und ungepflegt. Der ganze Mann sah aus wie mit Puder bestäubt. Und dann fiel es Seneca ein: Dasselbe Zeug klebte auf den Rebstöcken bei ihm zu Hause. Es mußte Asche sein. Für Neros ungepflegte Erscheinung gab es folglich nur eine logische Erklärung: Der Kaiser hatte nicht aus der sicheren Entfernung der Vororte heraus die Brandbekämpfung organisiert, wie Epaphrodites es genannt hatte, er mußte mitten in der brennenden Stadt gewesen sein. Er sah so aus, als hätte er selbst in der Eimerkette der Vigiles gestanden und persönlich gegen die Flammen gekämpft. Er stank wie ein gemeiner Lagerlegionär, nach Leder, Schweiß und Rauch, doch das war ein Geruch, der ihm besser stand als sein übliches arabisches Parfüm. Und was Seneca besonders bemerkenswert fand: Neros blaue Augen glänzten – nicht vor Freude, nicht vor Eifer, dennoch aber so, als stünde hier ein Mann vor der Aufgabe seines Lebens und sei entschlossen, sie zu meistern. So viel Ehrgeiz legte der Kaiser nicht einmal an den Tag, wenn er sich auf einen öffentlichen Auftritt als Sänger oder Schauspieler vorbereitete.

Seneca kam es vor, als hätte er durch sein Erscheinen die Beratung gestört, also setzte er sich in eine Ecke und hörte zu. Auch er war daran interessiert, zu erfahren, was in der Innenstadt geschah.

„Also, wo waren wir?" fing der Imperator dann wieder an. „Du wolltest uns etwas zum bisherigen Schaden mitteilen, Präfekt."

Und nun berichtete Hirtius, der Präfekt der römischen Feuerwehren: Der Stadtbezirk Circus Maximus sei durch die Feuerstürme völlig zerstört worden. Ebenso schlimm hätte es die Viertel Isis et Serapis und den Palatin getroffen.

„Aber zumindest Porta Capena, Esquiliae und Alta Semita sind unversehrt geblieben. Trans Tiberim hat der Fluß geschützt", sprach er. „In den anderen Vierteln haben wir versucht, das Feuer durch Brandschneisen aufzuhalten, und Gegenfeuer haben wir auch gelegt. Das Löschen gestaltete sich schwierig bei dieser Gluthitze. In den Stadtteilen, die es am schlimmsten erwischt hat, kochte sogar das Wasser in den Brunnen. Aber inzwischen hat sich der Wind gelegt, so daß wir nun endlich gegen den Funkenflug ankommen. Die Wohngebiete sind mittlerweile weitgehend evakuiert. Das Schlimmste scheint überstanden. Nur die Gebäude an der Südseite der Via Sacra, die haben wir natürlich nicht retten können. Doch dafür muß ich jegliche Verantwortung von mir weisen, Imperator. Es war dein

Befehl, die drei Kohorten, die ich für den Schutz der Heiligtümer vorgesehen hatte, abzuziehen und nach Circus Flaminius und auf den Aventin zu schicken. Dieser Entscheidung ist das Herzstück Roms zum Opfer gefallen." Das waren gewagte Worte gegenüber dem Kaiser. Hirtius war ein mutiger Mann, wie Seneca bewundernd bemerkte. Doch Nero war dieser Tage offenbar für Überraschungen aller Art gut. Er blieb trotz der Kritik an seiner Person, wie er sie auf der Bühne überhaupt nicht verkraftet hätte, gelassen.

„Dann ist es eben so geschehen, Hirtius", erwiderte er. „Ich bin mir sicher, daß diese Entscheidung einige Menschenleben gerettet hat. Was hätten meine Römer wohl von mir gehalten, wenn herausgekommen wäre, daß sich drei Kohorten um das Forum gekümmert haben, während anderswo jeder einzelne Mann gebraucht worden wäre, um die Bevölkerung zu retten?" Hirtius wollte noch etwas erwidern, aber nun duldete Nero keinen Widerspruch mehr. „Schluß jetzt! Die Gebäude werden wiederaufgebaut. – Nun zu dir, Konsul. Weißt du, wie viele Tote es gibt?"

„Das ist schwer zu sagen", antwortete der angesprochene Laecanius Bassus. Im Gegensatz zu Nero schien er zu Tode erschöpft. Er sprach nur schleppend. „Wir haben es in diesem Chaos außerordentlich schwer, einen Überblick zu gewinnen. Und dann diese Plünderungen. Die Stadtkohorten kommen kaum dazu, aus den Trümmern die Toten zu bergen, weil sie es immer wieder mit Banden zu tun haben, die keine Gelegenheit verstreichen lassen, in leerstehende Häuser einzudringen. Sie machen sich die Unordnung, in der keiner mehr weiß, wer ihm freund oder feind ist, in skrupelloser Weise zunutze. Ihre bevorzugte Masche ist es, Hilfe anzubieten, die Familien unter dem Vorwand, die Häuser evakuieren zu müssen, herauszulocken und sich dann über die verlassenen Läden und Wohnungen herzumachen. Wir machen mit diesen Verbrechern zwar kurzen Prozeß, aber es hält uns ab von der Bergung der Opfer. Alles in allem, denke ich aber, müssen wir von einigen Tausend Toten ausgehen – und dann sind da noch die Obdachlosen. Es ist zum Verzweifeln."

„Ja, ich weiß", sagte Nero. „Die Obdachlosen. Unser größtes Problem. Habt ihr das Pantheon geöffnet für die Menschen, das Marsfeld und meine Gärten auf dem Vatikanischen Feld?"

„Alles ist so geschehen, wie du es angeordnet hast, Imperator", bestätigte der zweite Konsul Crassus Frugi. „Wir errichten auch Behelfsbehausungen. Und die Getreidelieferungen aus Ostia laufen ebenfalls gut an. Aus den umliegenden Gemeinden erreichen uns täglich Nahrungsmittellieferungen. Trotzdem bleibt noch viel zu tun. Die Feuer flackern hier und da immer wieder auf, und die Straßen sind verschüttet. Wir vermuten immer noch viele Verletzte in den eingestürzten Häusern, allerdings ist es schwer, an sie heranzukommen, wenn überall Trümmer herumliegen. Der Schutt ist allein mit Schubkarren kaum aus der Stadt zu bekommen."

„Dann schafft ihn auf die Schiffe", schlug Nero vor.

„Auf welche Schiffe?" fragte Frugi.

„Na, auf die Schiffe, die das Getreide aus Ostia bringen. Die fahren doch leer zurück. Beladet sie mit dem Schutt, damit wir ihn loswerden", erklärte Nero.

Welch ein hervorragender Plan! Seneca konnte über den Ideenreichtum des Imperators nur staunen.

„Ist denn eigentlich schon etwas über die Brandursache bekannt?" mischte er sich in die Besprechung ein, verstummte dann aber sofort. Aus der Runde erntete er mißtrauische Blicke. Im Kreis der Männer, die der Kaiser um sich versammelt hatte, war man sich offenbar nicht schlüssig darüber, ob das den alten Stoiker überhaupt etwas anging.

Ganz anders dagegen Nero. „Tigellinus", forderte er den Prätorianerpräfekten auf, als keiner Senecas Frage beantwortete. „Diese Frage ist an dich gerichtet. Willst du dich dazu nicht äußern?"

Ausgerechnet Tigellinus sollte ihm antworten. Seneca wußte ebensogut wie jeder andere, daß Tigellinus ihn nicht mochte. Er verachtete seine stoische Langmut, hielt seine Bildung für Gelehrtenüberheblichkeit und fürchtete beides ebenso, wie er es verachtete. Nicht ganz zu unrecht. Seneca konnte zuzeiten schon recht spitzfindig und penetrant sein, gerade gegenüber Männern vom Schlage eines Tigellinus. Deshalb waren sie beide auch schon mehrfach aneinandergeraten. Dumm nur für Tigellinus, daß man einen Seneca, selbst wenn er einem den letzten Nerv raubte, nicht so ohne weiteres mit der Methode zum Schweigen bringen konnte, die für den Prätorianerpräfekten bei derlei Problemen unangefochten die erste Wahl war:

mit einem gutgezielten Faustschlag. Noch – und Seneca hoffte, das möge so bleiben – hielt Nero seine schützende Hand über den einstigen Lehrer, und da der Kaiser nun ausgerechnet Tigellinus aufgefordert hatte, Seneca Auskunft zu geben, mußte der Prätorianerpräfekt das wohl oder übel tun. Er tat es allerdings so knapp wie möglich: „Wir gehen von Brandstiftung aus."

„Brandstiftung? Es war eine helle Vollmondnacht, wer sollte so dumm sein, die Stadt in Brand zu stecken, wenn er gesehen werden kann?" Seneca hielt seine Skepsis nicht zurück. Doch wenn sie Tigellinus in Rage brachte, so verbarg er das geschickt.

„Nun, verehrter Seneca", erklärte Neros Intimus recht sachlich, „uns liegen Aussagen vor, daß bei den Buden am Circus Maximus junge Männer gesehen wurden, die in dieser Nacht Brände in die Verkaufsstände schleuderten. Man hat uns auch Namen genannt. – Wir haben die Verdächtigen übrigens bereits verhaftet, Imperator."

„Bereits verhaftet?" brauste nun Nero auf. „Und warum erfahre ich das erst jetzt? – Was sind das für Männer, Tigellinus? Schutzgelderpresser? Oder Schergen eines dieser Wohnungsbauspekulanten? Derjenige, der aus reiner Profitsucht meine Stadt in Schutt und Asche gelegt hat, der wird selber brennen, dessen seid gewiß."

„Die Beweggründe der Verdächtigen scheinen weniger materieller Natur zu sein als vielmehr religiöser", stellte Tigellinus fest. „Es handelt sich bei den Genannten ganz offensichtlich um Anhänger einer jüdischen Sekte, die sich selbst als Christen bezeichnen."

„Christen, soso", sagte Nero. „Ich weiß zwar, daß es sie gibt, aber ich habe mich bisher noch nicht sehr für sie interessiert. Frugi, was kannst du mir über sie sagen? Habt ihr mit denen schon schlechte Erfahrungen gemacht?"

Der angesprochene Konsul zuckte die Achseln. „Die meisten von ihnen geben sich ausgesprochen friedlich. Das Problem ist nur, sie leugnen die römischen Staatsgötter, genau wie ihre Brüder, die Juden. Unsere Behörden ignorieren das bislang, weil wir das bei den Juden ja auch immer so gehalten haben. Aber es besteht da doch ein Unterschied: Die Christen, vor allem junge Männer, fallen immer wieder dadurch auf, daß sie lauthals davon faseln, Roms Ende sei nahe. Sie erzählen, der Kaiser und mit ihm alle, die keine Mitglieder ihrer Sekte sind, würden gerichtet werden von ihrem Gott, dessen Erscheinen ihrer Meinung nach unmittelbar bevorsteht. Wo unsere Stadtpatrouillen auf solche Eiferer stoßen, da bringen sie sie natürlich zur Räson. Aber das Endzeitgeschwafel dieser Verrückten ängstigt die übrige Bevölkerung, Caesar. Wenn die Römer bloß nicht so abergläubisch wären."

„Habt ihr euch denn schon einmal mit ihren Anführern unterhalten?" fragte Nero.

„Selbstverständlich", war Frugis Antwort. „Wir haben uns nach diesen Vorkommnissen mit den Aufsehern ihrer Gemeinden auseinandergesetzt, mehrfach sogar. Und die haben uns immer wieder versichert, diese jungen Leute seien nur Verirrte, von denen keine wirkliche Gefahr ausgehe. Sie würden die christliche Lehre nicht richtig interpretieren und verträten nicht im mindesten die Ansichten der Glaubensgemeinschaft. Und eine Zeitlang wurde es dann auch besser. Aber die Ruhe hielt nie lange an. Wir haben allen Grund zu der Annahme, daß sie für den Brand verantwortlich zu machen sind. Sie wollten die Stadt zerstören, vielleicht um die Ankunft ihres Gottes vorzubereiten. Was weiß ich?"

Im Saal war es ganz ruhig. „Dann glaubst du, daß Tigellinus richtig liegt mit seinem Verdacht?" durchschnitt schließlich des Kaisers Stimme die nachdenkliche Stille.

„Es ist nicht auszuschließen. Auch mir liegen verschiedene Aussagen vor, die das noch untermauern: Vertrauenswürdige Mitbürger haben den Vigiles erzählt, sie hätten in den letzten Tagen immer wieder Angehörige dieser Sekte auf den Straßen tanzen sehen und singen hören. Daß um sie herum verkohlte Balken herunterfielen, daß Funkenregen auf sie niederstürzte und Feuerstürme durch die Stadt brausten, hat sie nicht gestört. Einige sind dabei dann auch ums Leben gekommen, aber das sei nur nebenbei bemerkt."

„Mehr noch", fügte Konsul Bassus hinzu. „Wir haben die verhafteten Männer aus der fraglichen Nacht natürlich inzwischen verhört." Er schwieg auf einmal, so als sei er sich nicht ganz sicher, ob das, was er zu sagen hatte, auch wirklich glaubwürdig war.

„Und?" Der Kaiser war sichtlich ungeduldig. Sein markantes Doppelkinn fing an zu zittern – für alle, die das kannten, ein Alarmsignal.

„Sie haben gestanden!" fuhr Bassus deshalb auch rasch fort.

„Was für ein Wunder! Unter der Folter gesteht doch jeder alles", merkte Nero an.

„Das ist ja das Eigenartige", erwiderte Bassus jedoch. „Es war keine Folter notwendig. Sie haben alles zugegeben, aus freien Stücken. Und ich glaube, sie sind sogar stolz darauf."

Seneca sah dem Imperator an, daß er das Gesagte kaum fassen konnte. Wie auch? Seneca glaubte es ja auch kaum. Man mußte schon sehr verblendet sein, um zuzugeben, daß man auf eine solche Tat auch noch stolz war – oder aber völlig verrückt.

„Was sagst du dazu, Seneca, alter Freund?" wandte Nero sich dann auch an ihn, vielleicht weil er seinen nachdenklichen Blick bemerkt hatte.

Seneca räusperte sich. Alles schien auf die Schuld dieser fremden Sekte hinzuweisen, und ihm war bewußt, daß die römische Staatsmacht dies ungeheure Verbrechen, das man an Bevölkerung und Wirtschaft begangen hatte, mit aller Härte würde ahnden müssen. Doch Seneca dachte wie zumeist weiter.

„Ich weiß nicht allzuviel von diesen Christen", erklärte er. „Ihre Anführer sind mir unbekannt, und ich bin mit ihren Mysterien nicht vertraut. Allerdings scheint es mir nach dem, was Tigellinus und die beiden Konsuln erklärt haben, sehr plausibel, daß in ihren Reihen eine latente Feindschaft zum Römischen Reich und zu allen römischen Institutionen besteht. Sie mögen nicht grundsätzlich gewalttätig sein, aber ihr unergründlicher Ein-Gott-Glaube scheint andere Dimensionen zu haben als der der Juden. Der Christengott wird sich wahrscheinlich nicht einfügen, wie es der Gott der Juden tut – er will offenbar herrschen. Wir dürfen in unserer Duldsamkeit anderen Göttern gegenüber nicht so weit gehen, daß daraus Gleichgültigkeit wird und wir uns nicht mehr wehren können. Wenn dieser Brand mit dem Glauben der Christen zu tun hat, dann müssen wir die Verantwortlichen dafür so zur Rechenschaft ziehen, daß sie es sich in Zukunft genauer überlegen, ob sie ihre Erwartungen mit Verbrechen gegen das römische Volk zu erfüllen suchen."

„Du bist also auch für eine rigorose Bestrafung?" fragte der Kaiser.

„Rigoros, jawohl. Aber ich bitte darum, eines zu bedenken: Die Christen sind, soweit ich weiß, keine Fremden wie zum Beispiel die Juden. Sehe ich das richtig, Bassus?"

Der Konsul nickte: „Die Christen sind zu einem Großteil römische Bürger, Seneca, in der Tat."

„Gut", fuhr Seneca fort. „Für mich bedeutet das ganz eindeutig, daß wir, wenn wir sie als Gemeinschaft bestraften, in vielen römischen Familien nicht wiedergutzumachenden Schaden anrichten würden. Das könnte auch die Friedfertigen unter ihnen aufstacheln. Mein Rat darum: Bestrafung ja, aber mit Augenmaß. Nur wer sich erwiesenermaßen als Befürworter dieses Gewaltaktes herausstellt, der soll dafür büßen. Wer ihn ablehnt, der sollte unbehelligt bleiben."

Nero nickte. „Das klingt weise, Seneca. Ich bin froh, daß du nach Rom gekommen bist und die Besonnenheit des Stoikers in diese Beratung eingebracht hast. – Tigellinus! Wir werden die Untersuchungen in diese Richtung weiterführen. Macht mir die Rädelsführer in dieser Christensekte ausfindig, egal ob Mann oder Weib. Die Unschuldigen laßt laufen. Rom geht nicht willkürlich vor gegen Andersdenkende, aber es läßt sich nicht drangsalieren. – Und nun, meine Herren, guten Abend. Zur Cena ist gedeckt. Laßt es euch gut schmecken. Ich werde mich jetzt waschen und etwas ausruhen. Wir werden noch genug zu tun haben in der nächsten Zeit."

Mit diesen Worten schied der Kaiser aus der abendlichen Zusammenkunft, und Seneca nahm das Lob mit gewohnter äußerlicher Gleichmut hin. Im tiefsten Inneren aber war ihm eher nach Jubilieren und Jauchzen zumute. Bis vor kurzem hatte er sich noch mit der Wahrscheinlichkeit herumschlagen müssen, daß sich der Regierungsstil seines erst sechsundzwanzig Jahre alten ehemaligen Zöglings immer mehr der Willkürherrschaft seines verstorbenen Onkels Gaius[26] anglich. Unter den Morden, mit denen Nero sein Gewissen beschwert hatte, schien es in den vergangenen Jahren in tausend Teile zersprungen zu sein. Begonnen hatte Neros Verfall mit dem Mordbefehl gegen die eigene Mutter, ein Vergehen, das man ihm vielleicht noch hätte nachsehen können, denn Agrippina war ein außeror-

---

[26] Kaiser „Caligula", siehe „Klios Archive", Band I

dentlich herrschsüchtiges Weib gewesen, herrschsüchtig genug, um ihrerseits irgendwann den Sohn zu töten, wenn er ihr nicht zuvorgekommen wäre. Doch dann hatte er den Befehl gegeben, seine hochangesehene, erste Ehefrau umzubringen, und dafür ließ sich keine Entschuldigung mehr finden. Octavia hatte sterben müssen, weil sie sich mit einem Leben in Verbannung, wie Nero es ihr zugedacht hatte, nicht abfinden wollte. Überdies kursierte in Rom noch das Gerücht über einen Giftmord an seinem Stiefbruder, dem früheren Thronprätendenten – ein Gerücht wohlgemerkt, denn sein Stiefbruder hatte wie einst der legendäre Iulius Caesar unter der Fallsucht gelitten und mochte ebensogut ein Opfer seiner Erkrankung geworden sein. Blieb Neros unselige Ambition, in erster Linie nicht als Pater patriae, sondern lieber als Künstler Anerkennung zu finden! Diese Neigung hatte ihm vor allem im Senatorenstand nur Mißkredit verschafft. Er war Roms erster Mann und zog offensichtlich jeder politischen Beschäftigung vor, mit bemaltem Gesicht und in lächerlicher Kostümierung auf einer Bühne auf und ab zu hopsen und hehre Verse von Vergil zu deklamieren! Aber Nero war eben schon immer besonders gewesen. Er war auch seinem Lehrer gegenüber nie müde geworden, zu betonen, er fühle sich nicht dem Senat verpflichtet, sondern „allein dem Volk, Seneca, allein dem Volk". Doch zumindest das waren offenbar nicht nur große Worte gewesen, denn in diesen vergangenen sechs Tagen der Not, da hatte er die Wahrhaftigkeit seiner Haltung bewiesen. Bei allem Schaden, der entstanden war und noch entstehen würde: Jene Römer, die diese Drangsal überlebten, würden ihre Rettung in allererster Linie der Geistesgegenwart und der Einsatzbereitschaft ihres oft geschmähten Kaisers verdanken, und das würden sie ihm nicht vergessen. Zum ersten Mal seit langem hegte der Stoiker wieder die Hoffnung, die Kaiserherrschaft Neros werde sich schließlich doch noch zu einer für das Römische Reich segensreichen wandeln. Wer weiß, dachte Seneca, vielleicht war meine Erziehung doch nicht ganz umsonst.

413 – Wie Offa den Welschen sein Schwert verkaufte

Im 5. und 6. Jahrhundert kämpfen die keltisch-römischen Bewohner Britanniens einen jahrzehnte-langen Kampf gegen die Invasion einer germanischen Völkergruppe, die wir heute als „Angelsachsen" bezeichnen. Wie diese Kämpfe endeten, wissen wir: Für die gegenwärtige Welt ist der Ausdruck „Angelsachse" inzwischen fast ein Synonym für „Engländer". Die Angelsachsen haben dem Volk in Großbritanniens Süden nicht nur ihren Namen, sondern auch ihre Sprache hinterlassen, und selbst im englischen Genpool sind sie, wie jüngere Studien zum Leidwesen manches englischen Patrioten ergeben haben, die dicksten Fische. Bevor die Angelsachsen jedoch ihre Vorherrschaft etablieren konnten, mußten sie Britanniens Einwohner erst einmal besiegen. Die Abwehrkämpfe der Briten haben sich später in der Gestalt des Sagenkönigs Artus „personifiziert". Es muß ein erbitterter Kampf gewesen sein. Dabei hatte

zwischen Briten und Angelsachsen alles so friedlich
begonnen ....

D ie Vorderläufe des Schafes zuckten noch, als sein warmes Blut über die Runenstäbe in Elfledas Händen strömte. Das war ein gutes Zeichen. Mit der mürben Stimme alter Weiber beschwor die Seherin den Segen Wodens auf die heilige Handlung herab. Sie wandte sich zu Offa, kniete nieder vor seinem Thron und schüttelte das überschüssige Blut von ihren Fingern. Mit Schwung warf sie die Runenstäbe auf das weiße Tuch, das ausgebreitet vor dem Königsstuhl lag. Die Lose[27] hüpften über den unebenen Boden und hinterließen rote Spuren auf dem Leinen. Eines von ihnen flog so weit, daß es an Offas Stiefel abprallte und nur wenige Fingerbreit entfernt schließlich liegenblieb. Alle, die um Elfleda und Offa herumstanden, hielten den Atem an. Es war so still im eichenen Biersaal, daß man die Mäuse im Gebälk piepsen hören konnte.

---

[27] Anderer Ausdruck für Runenstab; das Los, wie wir es kennen (auch im Sinne von Schicksal), hat hier seinen Ursprung.

Dann war es soweit. Elfleda fischte das Los, das Offas Fuß am nächsten war, vom Tuch, hielt es in die Höhe und zeigte es nach allen Seiten. „Feoh", krächzte sie.

Danach nahm sie den zweiten der Stäbe auf und rief: „Ur!"

Beim dritten dann: „Rad!"

Damit hatte sie alle drei Runen benannt, die für die Weissagung bedeutsam waren. Sie barg sie in der Höhlung ihrer Hand, schloß die Augen, schwankte mit dem Oberkörper hin und her und brabbelte dabei unklare Wortfetzen.

„Verkaufen", war das erste verständliche Wort, das aus ihrem Mund kam. Offa beobachtete sie genau und machte sich dabei mit seinen Fingern im Bart zu schaffen, der ihm bis auf die Brust reichte. Wie meinte sie das? Was sollte er verkaufen? Er hatte nichts. Das Land der Angeln war arm. Seine Bewohner lebten von der Feldarbeit und jagten im Wattenmeer im Westen ab und an Robben und Schweinswale. Sie waren ja schließlich nicht wie diese Holsten, die südlich der Eider lebten und zur räuberischen Volksgemeinschaft der Sachsen gehörten. Die pflegten Umgang mit den reichen Völkern des Südes und verschacherten dort erfolgreich ihr Raubgut. Die Angeln dagegen trieben so gut wie keinen Handel.

Offa öffnete den Mund. Er wollte etwas sagen. Da hob die Seherin mahnend einen Finger und zischte: „Still, König der Anglier, kein Wort", und so schwieg er.

Nach geraumer Zeit in tiefster Starre schlug Elfleda die Augen auf und sah ihn durchdringend an. „Dein Schwert, Offa, verkaufe den Welschen dein Schwert. Das ist der Wille der Götter."

„Skraep? Unmöglich. Skraep ist keine Ware. Und selbst wenn, warum soll ich es ausgerechnet an die Welschen verkaufen? Welcher Welsche würde für mein Schwert so viel Gold geben, daß es den Angliern die Zukunft sichern könnte? Ein selten dummer Rat, Elfleda."

Die Seherin zuckte die Achseln, legte die drei Runenstäbe zu den anderen auf das blutbefleckte Tuch zurück und schlug die Ecken darüber.

„Was du tust, mußt du selbst wissen. Die Antwort der Götter lautet: Verkaufe dein Schwert an die Welschen. Wenn dir dieser Spruch nicht paßt, ist das deine

Entscheidung. Aber bitte mich nicht noch mal, die Runen zu werfen, weil du nicht weißt, wie du die Not der Anglier lindern kannst. Reinweißes Leinen ist teuer heutigentags. Und jetzt hätte ich gern etwas zu trinken."

Sie knotete den Stoff zusammen und stand auf. Eine von Offas Mägden reichte ihr ein Bier. Elfleda setzte den Krug an die Lippen und trank ihn auf einen Zug leer.

Offa drehte sich zu den Edelingen um, die die hohe Lehne seines Herrscherstuhls umstanden. Die machten ratlose Gesichter. Schließlich jedoch löste sich der Pulk auf. Der Bierausschank hatte begonnen. Die Männer verteilten sich im Saal, setzten sich auf die Bänke unter die Schilde, Gere und Schwerter, die die Wände schmückten, und ließen sich von den Mädchen die Humpen und Trinkhörner füllen. Nur Offas Sohn Eomer stand noch immer neben dem Vater und blickte besorgt zu ihm hinunter.

„Was soll ich tun?" fragte Offa ihn. „Ein Enkel Wodens verkauft nicht seine Waffen, und schon gar nicht Skraep. Skraep wird seit Generationen vom Vater auf den ältesten Sohn weitergegeben. Mit ihm habe ich das Land der Anglier gegen die Holsten verteidigt."

Doch Eomer sagte nur: „Ich weiß es nicht, Vater. Laß uns erst mal zusammen trinken. Vielleicht kommt dann Rat."

Doch Offa wehrte ab. „Soll Rat kommen mit besoffenem Kopf, wenn selbst die Lose keinen schaffen? Nein." Er stand auf. „Geh du ruhig saufen. Ich muß nachdenken."

Er schritt durch den hohen Holzsaal, den er nach dem Umzug in die Geest gebaut hatte, um dort mit den Edelingen seines Volkes zusammenzutreffen, sich mit ihnen zu beraten, Gericht zu halten und natürlich auch Feste zu feiern, ganz so, wie es sich für einen anglischen König gehörte, der vom Göttervater selbst abstammte. Als er hinaustrat und das Saaltor schloß, verstummte der vielstimmige Lärm. Es regnete. Wieder einmal. Offa zog seinen Wollmantel enger um den Leib, als er seinen Hof verließ und den Weg zu den Feldern einschlug. An einem Feldrain blieb er stehen. Auf dem Acker hatten seine Knechte Getreide ausgesät. Jetzt, im Hochsommer, hätten die Grannen der Gerste jeden, der durch den Acker schritt, eigentlich schon in den Kniekehlen kitzeln müssen. Doch auf den Feldern standen Pfützen. Das Getreide wuchs zu langsam. Und wenn es tatsächlich Ähren ansetzte, dann blieben die Körner winzig und wurden nicht richtig reif, so daß man nicht nur weniger Ertrag hatte, sondern auch keine Aussaat fürs nächste Frühjahr. So ging das nun schon geraume Zeit.

Früher hatten die Anglier weiter im Osten gewohnt, zwischen zwei Förden am Friedlichen Meer[28]. Als das Wetter begonnen hatte umzuschlagen, war die alte Gegend langsam versumpft. Immer nasser, immer schwerer war der Lehmboden geworden, so daß er sich nicht mehr bearbeiten ließ. Die Anglier hatten sich weiter ins Landesinnere gerettet, das etwas höher lag. Die sandigen Böden hier verschlämmten zwar nicht ganz so schnell, waren jedoch weniger fruchtbar. So gelang es den anglischen Bauern kaum noch, eine Ernte einzufahren, die dem ganzen Stamm das Überleben in den schneereichen Wintern ermöglichte. Sie brauchten mehr Land. Doch wohin sollten sie sich ausdehnen? Im Norden saßen die Jüten, die sich ihre Äcker kaum wegnehmen lassen würden, und jenseits der Eider, da

---

[28] Noch heute wird die Halbinsel zwischen Flensburg und Schleswig Angeln genannt.

lebten diese verdammten Holsten, die ihrerseits mehr als einmal versucht hatten, die Angeln zu verdrängen. Die letzte Schlacht war noch keine vier Winter her. Dennoch: Offa mußte etwas tun für sein Volk. Deshalb hatte er Elfleda gebeten, herauszufinden, was die Götter von ihm verlangten, und wenn die Götter bestimmt hätten, daß die Anglier Krieg führen mußten, um Land zu gewinnen, dann hätte er gegen Jüten oder Holsten Krieg geführt. Selbst wenn sie gesagt hätten: „Offa muß sterben, damit sein Volk leben kann", hätte er ihren Willen akzeptiert. Was, zur Hel, jedoch fing er an mit dem unsinnigen Ratschlag, den Elfleda ihm gegeben hatte? Skraep, das Erbschwert seiner Sippe, an die Welschen verkaufen! Was dachten sich die Götter dabei? Selbst wenn man ihm viel Gold dafür gab, was sollte er damit anfangen? Getreide kaufen, das das Volk ernährte? Bei wem? Bei den Holsten vielleicht? Oder sollte er sich von den Welschen Getreide geben lassen? Und wo, verflucht, war dieses Welschland überhaupt? Er hatte zwar davon gehört, aber er wußte nicht, wo es lag. Eigentlich kannte er es nur, weil Aethelstan, einer seiner Gefangenen und ein typisch sächsischer Aufschneider, ab und zu Fetzen eines unschönen Gebrabbels von sich gab, von dem er behauptete, es sei die Sprache des Welschlandes. Vielleicht sollte er ihm einmal auf den Zahn fühlen.

Offa machte sich auf den Weg zum Hof zurück und ging zum Gesindehaus hinüber. Die Mägde waren alle in der Bierhalle und bedienten dort die Gäste, die Knechte hingegen hatten bei dem Wetter nicht viel zu tun. Er fand Aethelstan, der in einem der vielen Scharmützel gegen die Holsten in anglische Gefangenschaft geraten war, in einer Ecke im Stroh liegen. Er setzte sich auf einen Hocker und betrachtete den Sachsen. Sein blondes Haar hatten die Anglier ganz kurz geschoren. Tag und Nacht trug er ein Eisen um den Hals, zu dem Offas ältester Knecht Eni den Schlüssel verwahrte. Beide Dinge kennzeichneten Aethelstan als Gefangenen. Er stand noch unter den unfreien anglischen Knechten. Wenn er nicht unter Enis Aufsicht auf den Feldern arbeitete, fesselte eine Kette ihn an die Wand. Als Aethelstan sich schließlich aufsetzte, weil er sich beobachtet fühlte, klirrte sie an seinem Handgelenk. Erschrocken drückte er sich in die Raumecke, als er sah, daß Offa selbst auf einem Hocker vor ihm saß, die Hände auf die Knie gestützt.

„Kein Grund zur Sorge, Sachse", beruhigte ihn der König der Anglier. „Was weißt du übers Welschland? Kannst du dich wirklich mit den Leuten dort verständigen?"

Aethelstan begriff nicht gleich, was diese Frage sollte, er antwortete jedoch wahrheitsgemäß in der Sprache der Holsten, die der der Anglier so ähnlich war, daß die Krieger der beiden Stämme einander gut verstanden, wenn sie sich auf dem Schlachtfeld gegenseitig beschimpften: „Ja, Herr. Das kann ich. Ich war früher oft da. Ich hatte mir eine Sklavin aus dem Welschland mitgebracht, ein süßes Ding. Ich habe mir von ihr die Sprache der Welschen beibringen lassen." Ein schmerzliches Lächeln wischte über seine Lippen. „Als sie zum drittenmal schwanger war, ist sie zusammen mit dem Kind gestorben ..."

„Aha", sagte Offa. „Und wie sieht das Welschland aus?"

„Es ist eine gewaltige Insel draußen im Wilden Meer, Herr", antwortete Aethelstan. „Dort gibt es Straßen und Burgen und Städte und große Landgüter, nicht aus Holz wie bei uns, sondern aus Stein. Sehr reiches Volk lebt dort, aber es wird beschützt von den

Römern mit ihren Legionen." Er grinste. „Man muß schon sehr gewieft sein, um ihnen zu entgehen."

Offa hörte gespannt zu „Reiches Volk? Soso. Dann weiß ich auch, was ihr Sachsen da drüben macht. Ihr überfallt die Welschen, wie ihr auch uns ständig überfallt."

Aethelstan zog die Beine an und schlang die Arme um die Knie. „Um ehrlich zu sein, ich glaube, die Welschen überfallen wir häufiger als euch. Bei ihnen ist mehr zu holen."

Offa drohte ihm mit dem Finger ob der Frechheit, und als Aethelstans Grinsen verschwand, fragte der Anglier: „Und worin besteht ihr Reichtum außer aus Steinen? Haben sie auch Gold und Silber oder Vieh und Brot?"

„Natürlich, Herr, in Hülle und Fülle."

„Was würden sie im Tausch für ein gutes anglisches Schwert geben?"

Aethelstan sah Offa fragend an.

„Du hast mich schon verstanden. Was würden sie für ein anglisches Schwert geben? Sagen wir für dieses?" Er zog Skraep aus der Scheide, hob es hoch und strich liebevoll mit der Linken über die blaublitzende scharfe Klinge. Die Sachsen brüsteten sich gern damit, drei Dinge über alles zu lieben, zwei davon waren edle Pferde und edle Schwerter.

Tatsächlich trat in Aethelstans Auge etwas Verlangendes. Offa lächelte in sich hinein. Die Sachsen waren zwar allesamt Piraten und Plünderer, allerdings auch Krieger, Allvaters[29] Söhne, genau wie die Anglier. Und Aethelstan hatte seit Jahr und Tag keine Waffe mehr gehalten. Offa steckte Skraep zurück in die Scheide. „Nun?"

Aethelstan zuckte mit den Achseln und schüttelte den Kopf.

„Gut, lassen wir das", sagte Offa. „Was würdest du dazu sagen, wenn ich dir die Freiheit schenkte?"

Aethelstans Augen wurden groß und rund. Er streckte Offa das rechte Handgelenk mit der Eisenkette entgegen. Doch Offa schüttelte den Kopf.

„Noch nicht gleich", sagte er. „Erst führst du mich hinüber ins Welschland und hilfst mir dort, jemanden zu finden, der mir Skraep abkauft. Wenn wir den gefunden haben, laß ich dich frei."

———

---

[29] Allvater: eine andere Bezeichnung für Woden

Offa stand am Achtersteven des Ruderbootes, einen Fuß auf den Dollbord gestemmt. Er war ausgesprochen guter Laune.

„Männer, ihr werdet es nicht glauben. Im Welschland sieht's fast genauso aus wie bei uns", rief er den dreißig Ruderern zu, die, den Rücken in Fahrtrichtung, Mühe hatten, das Schiff im Kampf gegen die Gewalt der Ebbe in die Bucht hineinzubringen. Das Wasser lief in Strömen aus den Prielen, die das Wattenmeer durchzogen. Offa leckte sich den Salzgeschmack der letzten beiden Tage von den Lippen.

„Dort hinüber, Eomer, auf die Flußmündung zu. Vielleicht schaffen wir's noch, bevor hier alles trockenfällt", rief er seinem Sohn zu, der an der Ruderpinne saß, und stieß gleich darauf Aethelstan, der neben ihm stand, mit dem Ellenbogen in die Rippen. „Siehst du? Alles gutgegangen. Ihr Sachsen solltet lieber Wale jagen als andere Völker zu überfallen. Dann hättet ihr auch weniger Angst vor der See."

Er lachte und schlug sich auf die Knie. Von dem Kurs, den Offa vorgeschlagen hatte, hinab an der Westküste der anglischen und sächsischen Lande, dann nach Westen entlang der Küste, wo die Friesen wohnten, und von da aus schließlich schnurstracks gerade-aus über die offene See, hatte er sich nicht abbringen lassen. Aethelstan war der Meinung gewesen, es sei besser, der Küstenlinie des Festlandes weiter nach Süden zu folgen und das Meer dort zu überqueren, wo der Abstand vom Festland zur welschen Insel geringer war. Diesen Weg, so hatte er gesagt, wählten die Sachsen immer, doch Offa hatte abgelehnt. Auch wenn er Aethelstan seine Beweggründe nicht auf die Nase band, so wollte er doch nicht dort an Land gehen, wo die Gefahr bestand, auf Sachsen zu stoßen. Er hatte nur vierzig Mann bei sich.

Aethelstan, den Sklavenring noch immer um den Hals, von seinen Ketten dagegen inzwischen befreit, gab sich skeptisch: „Du hast schon richtig gelegen mit deinem Kurs, Herr. Zwei ruhige Hochseetage sind alle-mal besser als fünf Tage an der Küste entlang, aber es hätte auch anders kommen können."

„Unsinn", sagte Offa. „Woden ist mit uns. Nicht wahr, Eomer? Was sagst du?"

„Sicher, Vater", antwortete Eomer.

„Das muß er auch sein", entgegnete Aethelstan, „vor allem, wenn du vorhast, den Fluß hinaufzurudern."

„Ach, du ewiger sächsischer Miesmacher. Was ist jetzt schon wieder?"

„Ich kenne die Gegend nicht. So weit nördlich bin ich nie gewesen. Trotzdem weiß ich, daß die Welschen ihre Flüsse sichern. Ein paar Meilen landeinwärts werden wir ganz bestimmt auf eine Befestigung treffen, und dort wird man uns gebührend empfangen."

„Dann werden wir kämpfen," gab Eomer zu verstehen.

„Kämpfen?" Aethelstan zog eine Augenbraue hoch. „Gegen Hunderte schwergerüstete Berufssoldaten in Formation? Gegen Maschinen, die Speere spucken? Du hast wirklich keine Ahnung. Niemand schlägt die Römer, auch Eomer nicht. Sie schicken Offas Sohn schneller nach Walhall, als er Allvaters Namen aussprechen kann."

Eomer schoß hoch und ließ dabei kurz das Ruder los. „Du dreckiger kleiner Abkömmling von Langfingern", rief er. „Dir werde ich es zeigen."

Doch bevor er sich auf Aethelstan stürzen konnte, ging Offa dazwischen. Er trennte die beiden und drückte seinen Sohn auf die Ruderbank zurück.

Wenig später ging es nicht mehr weiter. Sie liefen auf eine Untiefe auf. Die Anglier stiegen aus, schulterten ihr Schiff und trugen es über die ablaufende See zum Strand hinauf. Wo das Röhricht am Rande der Flußmündung am dichtesten stand, schoben sie es hinein, so daß niemand es sah.

Die Landschaft war bis zu einem grünen Waldsaum hin flach und offen: eine sumpfige Salzwiese, wie sie sie von der heimatlichen Meeresküste her kannten. Es waren zwar nirgends Verteidiger in Sicht, dennoch mußten sie auf der Hut sein. Als sie aus dem Röhricht heraustraten und sich ins Landesinnere aufmachten, setzten sie wohlweislich den Brillenhelm auf, wie er bei ihnen üblich war.

Sie passierten den bewaldeten Saum und stießen danach erstmals auf baumbestandenes Ackerland. Es lag brach. Da niemand in Sicht war, liefen sie querfeldein über die Äcker, sie durchquerten Knicks und überstiegen graue Natursteinmauern, die die Parzellen begrenzten.

„Schaut, da drüben", rief schließlich einer von Offas Männern und rannte voraus. Er hatte einen steingepflasterten Weg entdeckt. So etwas kannten die Anglier nicht. Als sie die Straße erreicht hatten, versammelten sie sich erst einmal, um das Wunderwerk genauer zu betrachten. Einige der Männer probierten aus, wie es sich auf dem Pflaster ging. Andere standen stumm da und schauten in die Ferne, in die sich die Straße schnurgerade wie im Unendlichen verlor, wieder andere knieten sich hin und befühlten die einzelnen Steine mit der flachen Hand. Auch Aethelstan bückte sich. Er zupfte Gras aus den Zwischenräumen zwischen den Pflastersteinen heraus, das dort in dichten Rispen wuchs. Offa sah das und ging zu ihm.

„Was ist?" fragte er.

Aethelstan richtete sich wieder auf und zeigte Offa, was er zwischen den Fingern hielt.

„Das ist Gras. Na und?"

„Zwischen den Pflastersteinen römischer Straßen wächst kein Gras", sagte Aethelstan, „jedenfalls nicht so hoch. Sie werden ständig überprüft und ausgebessert. Über kaputte Straßen kann kein Handel stattfinden und kein Militär bewegt werden."

„Was willst du damit sagen?"

„Unbestellte Felder und mit Gras überwucherte Straßen – das habe ich früher nie gesehen. Hier stimmt etwas nicht."

„Aber du sagtest selbst, du warst noch nie in diesem Teil des Welschlandes. Vielleicht ist hier nicht alles so wohlgeordnet wie im Süden," gab Eomer zu bedenken, der hinzugetreten war.

„Mag sein. Vielleicht irre ich mich. Wir sollten der Straße folgen. Eine Straße führt immer in eine Stadt oder zu einer Garnison. Vor allem jedoch laßt uns die Augen offenhalten."

Offa stimmte dem zu. Er rief seine Männer zusammen, schärfte ihnen ein, besonders wachsam zu sein, und schließlich gingen sie weiter.

Aethelstan sollte recht behalten. Kurze Zeit später sahen sie etwas abseits der Straße in einer leichten Senke mehrere steinerne Gebäude mit Ziegeldächern aufragen, die von einer Mauer eingefaßt waren.

„Ist das eine Stadt," fragte Offa, „oder eine Garnison?"

„Weder noch", antwortete Aethelstan. „Das ist nur eine Villa mit ihren Wirtschaftsgebäuden, ein Bauernhaus sozusagen."

„Das ist ein Bauernhaus?" Offa nahm den Helm ab und kratzte sich am Kopf. „Das ist ja größer als mein Biersaal."

„Es wird ein begüterter Landedelmann sein, der hier wohnt", antwortete Aethelstan.

„Hervorragend! Erkundigen wir uns doch mal, ob er ein Schwert zu schätzen weiß. Wir statten ihm einen Besuch ab. – Eomer, zu mir!"

Offa befahl seiner Schar, an der Straße zu lagern und ihnen nur zu folgen, wenn sie nicht vor Anbruch der Dunkelheit zurück seien, und ging, begleitet nur von seinem Sohn und Aethelstan, den Wirtschaftsweg hinunter, der zum Gehöft führte. Alle drei trugen den Helm unterm Arm. Sie wollten friedlich auftreten. Das Eingangstor war offen. Doch als sie es passiert hatten, blieben sie abrupt stehen und sahen sich um. Links gab es einen mit einer Hecke eingefriedeten Gemüse- und Obstgarten. Am Weg, der geradeaus zum Haupthaus führte, stand ein steinernes Badehaus. Wirtschaftsgebäude für Vieh, Getreide und Handwerkszeug verteilten sich auf dem Gelände. Allerdings war fast jedes Gebäude beschädigt. Das Brunnenhaus war kurz und klein gehauen. Seine Trümmer lagen um den im Osten liegenden Brunnen herum verstreut. Im Garten die Obstbäume: umgestürzt. Weit und breit kein Vieh zu hören und zu sehen – kein blökendes Schaf, kein grunzendes Schwein. Nicht einmal ein Hofhund, der anschlug. Statt dessen hörten die drei nur, wie der Wind mit ein paar offenstehenden Stall- und Scheunentoren seinen Mutwillen trieb, daß sie in den Angeln knarzten.

Das Haupthaus, vor dem sich ein mit Säulen umgebener Vorhof erstreckte, lag geradeaus vor ihnen. Von fern wirkte es zunächst unversehrt, doch das konnte täuschen. Vorsichtshalber setzte Offa den Helm wieder auf, band ihn diesmal unter dem Kinn fest und zog Skraep aus der Scheide.

„Geh hinaus und wink die anderen herbei", sagte er zu Eomer.

Kurze Zeit später durchkämmten die Anglier den Hof.

Während seine Männer ausschwärmten, kamen Offa, Eomer und Aethelstan an einem voll aufgezäumten, umgekippten zweirädrigen Wagen mit gebrochener Achse vorbei, der neben dem Hauptweg lag.

„Da wollte wohl jemand fliehen", mutmaßte Eomer. „Oder es hat jemand versucht, den Wagen zu stehlen."

„Was auch immer. Scheint ihm nicht gelungen zu sein", ergänzte Aethelstan.

„Weg ist er trotzdem", sagte Offa. „Und das Pferd offenbar auch."

Sie sahen sich um. Überall lagen Dachziegel herum, zerbrochener Marmor, Scherben von Glas- und Tongefäßen.

„Ich glaube, die Leute, die hier wohnen, sind tatsächlich überfallen worden", stellte Eomer fest. „Wir sollten aufpassen. Die Angreifer könnten sich noch irgendwo versteckt halten."

„Das ist richtig. Du und Aethelstan, schaut im Haupthaus nach, aber seid vorsichtig."

Offas Männer derweil durchsuchten die Schober und Ställe und das Badehaus, spähten in jede Ecke, öffneten jeden noch so kleinen Viehverschlag und sahen sogar in den Brunnenschacht hinab.

Nach einer Weile sammelten sie sich wieder und berichteten, was sie gesehen hatten. Demnach waren die Vorratskammern leer und der Boden im Gemüsegarten umgewühlt, als hätten Wildschweine darin gehaust. Im linken Gebäudeflügel, der den Vorhof flankierte, hatten sie einfache Unterkünfte, wahrscheinlich fürs Gesinde, vorgefunden. Auf der rechten Seite befanden sich die geräumigeren Gemächer für den Hausherrn und seine Familienangehörigen, allesamt menschenleer und ausgeplündert.

„Gibt's noch irgendwo Vieh?" fragte der König. Die Männer schüttelten den Kopf. „Kein Vieh", sagte der junge Osrich, „es muß davongetrieben worden sein. Aber dort drüben habe ich was gefunden, was du dir ansehen solltest."

Er führte Offa und die anderen zum Viehstall hinüber. An der Außenwand immer noch angekettet, lagen die Kadaver von drei Hofhunden.

„Erschlagen, weil sie nicht entkommen konnten", sagte Osrich.

Er wollte Osrich gerade mit ein paar seiner Männer ins Haupthaus schicken, damit sie nach Eomer und Aethelstan sahen, als die beiden zurückkamen.

„Woden sei Dank", seufzte Offa. „Sagt, was habt ihr gefunden?"

„Zerstörung, sonst nichts. Komm und sieh selbst", antwortete Eomer.

Als Offa und seine beiden Begleiter über die Überreste der kaputtgehauenen Tür in den Gebäudehaupttrakt an der Stirnseite eindrangen, blieb der König der Anglier mit offenem Mund im Türsturz stehen. „Seht euch das an. Ein Biersaal, wie er Brimirs[30] würdig wäre", stieß er hervor.

Er stand am Eingang zu einer soliden, zweistöckigen Halle mit einem Fußboden aus vielerlei kleinen Steinchen, die man zu Ornamenten und Bildern gefügt hatte. Im oberen Drittel des Saales fiel das Tageslicht durch eine Reihe umlaufender Fenster bis auf den Boden, der von Schutt und Staub bedeckt war. Die Wanddekorationen, Bildteppiche und bemalte Tuche, hatte irgendjemand heruntergerissen und zerschnitten. Putz war von den Wänden gehauen. Sitzmöbel hatte man kurz und klein geschlagen. Doch auch hier fanden die Anglier nicht einen Leichnam, und auch von denen, die hier gewütet haben mußten, war nichts mehr zu se-

---

[30] Riese der germanischen Mythologie

hen. Sie hatten ihre Arbeit erledigt und waren danach offenbar verschwunden.

„Kannst du dir das alles hier erklären?" fragte Offa Aethelstan, als sie gemeinsam durch die Halle gingen, wobei sie aufpassen mußten, nicht über die zerbrochenen Torsi von Statuen zu stolpern.

„Aethelstan zuckte die Achseln. „Es könnten Sachsen gewesen sein. Aber so weit im Norden?" Er schüttelte den Kopf, spähte über den Boden, bückte sich und hob ein paar Bruchstücke eines Alabastertritons auf. „Und außerdem würden Sachsen so etwas nicht zerstören."

„Vielleicht waren es ja Aethelstans schreckliche Römer selbst", sagte Eomer zu seinem Vater und grinste Aethelstan an.

Aethelstan wartete, bis Eomer sich abgewendet hatte, und schickte ihm ein despektierliches Zeichen mit der Hand hinterher.

„Was ist das?" fragte Offa indes und sah sich die schimmernden, feingravierten Schuppen des Fischschwanzes von allen Seiten an, die Aethelstan aufgehoben hatte. „Ist das einer der welschen Götter?"

„Ich bin mir nicht sicher. Meine Sklavin trug ein Kreuz an einer Kette um den Hals, das sie manchmal küßte und beim Beten in der Hand hielt. Ich habe sie jedoch nie danach gefragt, woran sie glaubte. Jedenfalls ist das, wovon dieses Bruchstück stammt, in den Städten am Rhein nur in heilem Zustand gutes Geld wert. Und wir Sachsen wissen das."

„Gut, dann waren's also deine Leute nicht." Offa ließ die Scherben fallen. „Wir werden heute wohl auch nicht herausfinden, wer hier gewütet hat." Er sah hinauf zur Fensterreihe. Es mußte später Nachmittag sein, zu früh noch, um sich schlafen zu legen, zu spät hingegen, um wieder aufzubrechen. Sie würden heute nirgendwoanders mehr ebenso gutes Quartier finden. Er beschloß zu bleiben.

Er rief die Anglier zusammen und teilte ihnen seine Entscheidung mit. Die Männer räumten den Schutt auf dem Boden beiseite, holten Brennholz und richteten alles für die Nacht her. Als es tatsächlich dunkel wurde, saßen sie in der Halle gemeinsam um ein Feuer herum, tranken Wein, den sie im Keller in einem Versteck gefunden hatten, drehten Wild am Spieß und sangen alte

Stammeslieder. Nur Aethelstan saß abseits und fragte sich, was im Welschland geschehen war.

—

Am nächsten Morgen wurde Offa von dem jungen Osrich geweckt, der einen Mann am Schlafittchen hielt und ihm einen Stoß in die Kniekehlen gab, so daß er hinfiel und aufstöhnte.

„Ich bin heute morgen zum Pinkeln rausgegangen und habe im Schweinestall was rumoren hören. Da bin ich rein und habe ihn gefunden. Er stand mit einem Spaten in der Suhle und war am Graben", berichtete Osrich. „Als ich ihn überraschte, hatte er dies hier in der Hand." Er reichte Offa eine silberne Servierplatte, die ziemlich schlammig war und penetrant nach Eber stank.

Offa war noch ganz schlaftrunken, aber als er die Platte entgegennahm, weckte das seine Lebensgeister. Sie war so schwer, daß er sie mit beiden Händen fassen mußte. Er setzte sich auf und musterte abwechselnd die Platte und den Gefangenen. Der Mann schwitzte. Seine Augen huschten im Saal hin und her. Er hatte Angst vor den vielen fremden Kriegern, die langsam wach wurden und deren Aufmerksamkeit er auf sich zog. Nun gut, das war nicht ungewöhnlich. Interessanter fand Offa da schon seine Kleidung. Er trug keine Hosen, statt dessen hatte er ein gegürtetes Gewand an, das ihm bis knapp zum Knie reichte, und einen Kapuzenmantel aus grüngefärbter Wolle, den eine Gewandnadel in der Größe eines Katzenkopfes hielt. Offa streckte die Hand aus und faßte den Stoff an. Es war ein sehr feines und dichtes Wolltuch, besser als das von anglischen Schafen. An den Füßen trug der Mann hochgeschnürte Lederstiefel, auch die sorgfältig verarbeitet und von edlem Schnitt. Ein Sachse war das nicht, dachte Offa amüsiert. Sachsen waren Pack, dem man nicht immer trauen durfte, doch sie trugen keine Frauenkleider, sondern ein ordentliches Paar Hosen, wie es sich für echte Kerle gehörte.

Er wandte sich wieder der Silberplatte zu. Ein Kranz aus ornamentalen Ziselierungen, Ranken, Vögel, Blüten, zog sich am Rand entlang und umrahmte in der vertieften Mitte der Platte eine Gravur: eine Frau, die auf einem Stier ritt. Offa wußte nicht, was das bedeutete, das Bild jedoch war schön anzuschauen.

„Ist da noch mehr?" fragte er Osrich, als er die Platte an seine Männer weiterreichte, damit auch sie darüber staunen konnten.

„Das denke ich schon", antwortete Osrich.

„Penda und Aldwulf", wies er zwei seiner Männer an, „geht in den Stall und schaut euch das an. Ich will alles haben, was da vergraben ist."

Als die beiden hinausgingen, bahnte sich Aethelstan, der bis eben in einer anderen Ecke des Raumes geschlafen hatte, seinen Weg durch die herumstehenden Krieger.

„Ein Welscher. Ich dachte schon, die gibt's nicht mehr", stellte er fest und betrachtete sich den Fremden genau. „Wo ist seine Waffe und wie ist er hierhergekommen?" fragte er Osrich.

„Er hatte nur einen kleinen Dolch bei sich. Den habe ich ihm abgenommen", antwortete Osrich. „Und hergekommen ist er zu Pferd, würde ich sagen. Zumindest steht hinter dem Stall ein Gaul, der gestern noch nicht da war."

„Wer bist du?" wandte Offa sich nun direkt an den Welschen. Der stöhnte weiter unter Osrichs stählernem

Griff und gab schließlich eine kurze Antwort, die Offa nicht verstand.

„Was hat er gesagt?" wandte der Anglier sich an Aethelstan.

„Ich glaube, er will wissen, wer wir sind und was wir hier machen, auf seinem Hof."

„Auf seinem Hof? Das ist gut", lachte Offa. „Sag's ihm, Aethelstan. Und du, Osrich, laß ihn los. Du brichst ihm ja den Arm."

Osrich gehorchte. Der Welsche stöhnte vor Erleichterung. Er setzte sich Offa gegenüber und rieb sich das schmerzende Handgelenk. Aethelstan machte es sich zwischen Offa und ihm bequem, so daß sie ein Dreieck bildeten. Die übrigen Anglier stellten sich zu der kleinen Gruppe dazu, und Aethelstan begann, zunächst holperig, dann immer flüssiger, das Gespräch in der Sprache der Welschen.

Er erklärte dem Mann, wer sie waren und was sie wollten.

Der Welsche stellte sich vor als Morgan ap Owen. Er behauptete erneut, der Eigentümer des Hofes und vor vier Tagen mit seiner Familie und seiner gesamten Gefolgschaft in eine befestigte Stadt im Landesinneren geflohen zu sein, die er Lindum Colonia[31] nannte. Die Pikten, ein wildes Volk aus dem Norden, seien über die Grenzen gekommen. Sie griffen die Welschen an, wo sie nur könnten, und hätten auch seinen Hof verwüstet. Er hätte aber zuvor im Schweinestall alles vergraben, was er nicht hatte mit sich nehmen können, und sei nun gekommen, um es zu holen.

Offa hörte skeptisch zu, als Aethelstan die Schilderung des Welschen übersetzte. „Warum rennen sie weg, statt sich gegen diese Pikten zu verteidigen?" fragte er.

„Und was ist mit den römischen Legionen?" fügte Eomer hinzu.

Darüber wunderte Aethelstan sich auch, und als er Morgan ap Owen danach fragte, klang die Antwort so unglaublich, daß er gar nicht sicher war, ob er auch alles richtig verstanden hatte. Dann fielen ihm die brachliegenden Felder und die vernachlässigte römische Straße wieder ein, über die sie hierher gekommen waren. Natürlich! Es paßte alles zusammen.

„Die Legionen gibt's nicht mehr", teilte er Offa und Eomer mit. „Sie sind abgezogen worden. Der rö-

---

[31] heutiges Lincoln, damals Hauptort der römisch-britannischen Provinz Flavia Caesariensis

mische Kaiser braucht seine Soldaten in Rom selbst und hat den Welschen gesagt, sie müßten Britannien eine Zeitlang allein verteidigen, bis die Feinde im Reich besiegt sind."

„Britannien?" unterbrach Offa ihn.

„So nennen sie ihr Land selbst."

„Gut, weiter", sagte Offa.

„Das alles ist jetzt drei Jahre her. Die Welschen allerdings können gar nicht kämpfen. Sie haben niemals Waffen besessen und sind darum auch nicht daran gewöhnt. Den Pikten sind sie heillos unterlegen, und die werden immer frecher. Deshalb fliehen die Welschen in die alten römischen Kastelle und geben das Land preis."

Offa schüttelte den Kopf. „So was!" sagte er und sah sich in der Runde um. „Was ist das für ein Volk, diese Welschen? Männer in Frauenkleidern! Männer, die keine Waffen tragen! Männer, die nicht kämpfen können! Kein Wunder, daß diese Pikten sie ausrauben. Sie verdienen es nicht besser." Er hielt inne: Die beiden Krieger, die er hinausgeschickt hatte, im Schweinestall zu graben, kamen zurück. Sie schoben eine Karre in die Halle, auf der sich Silbergeschirr, edelsteinbesetzte Becher und Goldschmuck türmten. Als er sah, daß die Fremden sein Eigentum an sich gebracht hatten, stöhnte der Welsche erneut. Die Anglier fingen an zu murmeln. So viele Reichtümer auf einem Haufen hatten sie alle noch nicht gesehen. Und auch Offa staunte. Er dachte kurz nach und sagte dann zu Aethelstan: „Frag ihn, ob er Skraep kaufen will."

„Was?" sagte Aethelstan.

Offa stand auf, zog das Schwert seines Vaters und Großvaters aus der Scheide. „Du hast mich doch verstanden. Weswegen sind wir denn hier? Dieser Welsche ist ein reicher Mann. Also frag ihn."

„Vater", ging Eomer dazwischen. „Wozu das? Wir brauchen Skraep nicht zu verkaufen. Nimm den Schatz an dich. Anschließend kehren wir nach Hause zurück. Leichter als so können wir nicht zu Reichtum gelangen."

„Elfleda hat geweissagt, daß wir Skraep verkaufen sollen. Wenn wir den Willen der Götter nicht tun, werden sie uns im Stich lassen."

Doch Eomer ließ nicht locker. „Wir brauchen den Schatz ja nicht zu behalten, jedenfalls nicht ganz. Du könntest Woden doch einen guten Teil davon opfern. Das wird ihm bestimmt recht sein."

Streng blickte Offa Eomer an. „Seit wann, mein Sohn, sind die Anglier Diebe?"

„Die Anglier sind keine Diebe", gab Eomer kleinlaut zurück.

„Richtig, und solange ihr König Offa lebt, werden sie es auch nicht werden."

Offa wandte sich wieder an Aethelstan. Er übergab ihm Skraep. „Also?"

Aethelstan hockte sich vor Morgan hin. Der sah ihn verängstigt an. Er begriff offensichtlich überhaupt nicht, was diese seltsamen Männer umtrieb. Aethelstan derweil sprach ruhig auf ihn ein. Er zeigte ihm Skraep von allen Seiten, ließ die Klinge durch die Luft sausen und unterhielt sich mit dem Welschen eine ganze Weile. Der jedoch schüttelte immer wieder den Kopf, so daß Offa ihn schließlich unterbrach: „Laß gut sein, Aethelstan. Ich sehe schon. Er will nicht."

Aethelstan nickte, er gab Offa das Schwert zurück und sagte: „Er dankt dir für das Angebot, aber er braucht kein Schwert. Er kann damit nicht umgehen."

„Daran soll es nicht liegen", warf Eomer ein. „Das könnte man ihm doch beibringen."

„Das habe ich ihm auch gesagt", sagte Aethelstan. „Darauf allerdings antwortete er: Ein Schwert allein würde Britannien nicht vor den Pikten retten. Und damit hat er recht."

„Hat er wohl", sagte Offa. Er war enttäuscht, obwohl er es so hatte kommen sehen. Die Welschen waren reich, zweifelsohne. In ihrer Lage hingegen nutzte ihnen auch eine magische Waffe wie Skraep nicht viel. Er steckte das Schwert in die Scheide zurück, ging hinüber zum Karren, in dem sich der Schatz stapelte, und kramte darin herum, bis er einen schweren Silberlöffel fand. Dann half er dem Welschen auf. Als der Mann vor ihm stand, die Augen geweitet, legte er ihm den Löffel in die Hand.

„Keine Angst", sagte Offa und drückte des Welschen Finger um den Löffel. „Wir nehmen dir nichts weg. Das ist dein Eigentum, und es soll dein Eigentum bleiben." Er nickte ihm zu und klopfte ihm auf die Schulter. Der Welsche folgte mit dem Blick jeder seiner Bewegungen. Dann drehte Offa sich zu seinen Männern um und klatschte in die Hände.

„Auf geht's. Wir kehren heim. Wir treffen uns draußen auf dem Vorhof."

Das ließen die Anglier sich nicht zweimal sagen. Während sie zusammensammelten, was sie in der Nacht abgelegt hatten, ging Offa hinaus, um sich zu vergewissern, daß keiner seiner Männer verlorenging, und kontrollierte noch einmal persönlich alle Gebäude. Als er zurückkehrte, waren die Anglier schon abmarschbereit. Offa wollte eigentlich keine Zeit verlieren und gleich aufbrechen. Da eilte Aethelstan auf ihn zu, den Welschen hinter sich.

„Halt noch ein, Herr. Morgan ist mehr als beeindruckt von der Ehrlichkeit der Anglier, sagt er. Er will dir einen Vorschlag machen."

„Was?"

„Er bittet euch zu bleiben. Er will dich und deine Anglier in Sold nehmen. Ihr sollt ihn und seine Familie in Zukunft gegen die Pikten schützen."

„Das ist Unsinn, Aethelstan. Hast du ihm das nicht gesagt? Wir sind Bauern. Wir müssen unsere Äcker bestellen. Wir haben Familien, die uns brauchen. Wie soll das gehen?"

„Habe ich ihm gesagt", antwortete Aethelstan.

„Und was antwortet er darauf?"

„Er sagt, wenn ihr lieber Land als Sold haben wollt, dann holt eure Familien her. Er hat Land in Hülle und Fülle, das könnt ihr pachten. Dafür verteidigt ihr, wenn es not tut, ihn und seinen Besitz."

Morgan stand zwischen ihnen und verfolgte das Gespräch. Er sah erwartungsvoll aus und nickte Offa aufmunternd zu. Dennoch zögerte der Anglier.

„Herr", redete Aethelstan ihm zu. „Es ist eine großartige Idee. Wenn es sich unter den Welschen herumspricht, daß der reiche Gutsbesitzer Morgan sich eine anglische Armee leistet, die ihn gegen die Pikten beschützt, werden das andere reiche Welsche auch wollen."

Offa überlegte. Aethelstan hatte recht. Land, das war es, was die Anglier brauchten. Und hier gab es so viel Land, daß einem ganz schwindelig werden konnte. Es würde ihm bestimmt nicht schwerfallen, ein paar Anglier davon zu überzeugen, nach Welschland zu gehen und dort Hütten zu bauen und Land zu bestellen, wenigstens für eine Weile. Und die Wilden, die im Norden wohnten: kein Problem! Niemand war tapferer als Wodens anglische Söhne.

„Gut, Aethelstan", sagte Offa schließlich. „Sag Morgan, es gilt. Wir kehren jetzt nach Hause zurück, aber wir kommen wieder – nach Britannien." Er lächelte, faßte die Hand des Welschen und drückte sie.

Die Anglier gingen zur Straße zurück und fanden nach einer Meile die Stelle wieder, an der sie am Tag vorher auf das Steinpflaster gestoßen waren. Von dort war es nicht mehr weit bis zur Küste, wo ihr Boot im Röhricht verborgen lag.

Als sie nach einer weiteren ruhigen Überfahrt über das Wilde Meer von der Flut in die Marschen der Eider zurückgetragen wurden und den Fluß hinaufruderten, winkte Offa Aethelstan zu sich, nahm einen Schlüssel von der Kette, die er auf der Brust getragen hatte, und hieß den Sachsen das Kinn anheben. Kurz darauf fiel der Eisenring, den Aethelstan drei Jahre lang um den Hals getragen hatte, zu Boden.

„Du bist frei. Was wirst du jetzt tun?"

Aethelstan befühlte mit der Hand den ungewohnt freien Hals. Schließlich lachte er und seine Augen blitzten auf.

„Ich werde nach Hause gehen. Ja! Und vielleicht werde ich unter meinen Stammesgenossen eine Gefolgschaft finden, die mit mir nach Britannien kommt. Wäre doch gelacht, wenn nicht auch wir von der neuen Lage bei den Welschen profitieren könnten."

„Tu das", sagte Offa. „Aber tu es als Freund der Anglier. Und berichte den Holsten nicht nur von Britannien, sondern vor allem von deinen Gefährten Offa und Eomer." Dann wandte er sich an seinen Sohn: „Gib mir dein Schwert. Ich will es Aethelstan schenken."

„Nicht doch! Vater!"

„Gib mir dein Schwert. Du sollst Skraep dafür bekommen, sobald wir zu Hause sind."

Eomer zögerte. Dann besann er sich, nahm das Schwertgehänge von der Schulter und übergab es dem Vater.

„Aber", fragte Aethelstan, „warum das alles? Du wolltest mich doch nur freilassen, wenn ich dir helfe, Skraep zu verkaufen."

„Hast du das etwas nicht?" fragte Offa und hängte Aethelstan den Schwertgurt um.

„Doch", erwiderte Aethelstan und zog die anglische Klinge aus der Scheide. „Doch, das hab' ich wohl."

800/801 – Sorgen einer Mutter

Wie von einem Wirbelsturm erfaßt, drehten sich die purpurnen Wände des Gemaches um die Frau, die auf dem Gebärstuhl saß. Die weißen Tupfen im roten Stein rotierten in konzentrischen Kreisen um den Scheitelpunkt, in dem die Dachpyramide gipfelte. Ihr wurde schwindelig, und sie schloß die Augen. Die Hebammen tupften ihr mit feuchten Tüchern die Stirn und redeten beruhigend auf sie ein. Doch sie hörte sie kaum. Sie hörte nur den Popen. Er schwang eine Muttergottesikone über ihr, während sein Gesang zu einem hypnotischen Crescendo anschwoll. Jetzt sterben, dachte sie, dann wäre alles vorbei. Aber ihr Körper bewies einen eigenen Willen. Ganz ohne ihr Zutun zogen sich die Muskeln ihres Leibes zusammen, und mit letzter Kraft gelang es ihm, das neue Leben aus sich herauszupressen. Dann war es endlich vorbei. Ihr Leib entspannte sich. Der Gesang des Popen verstummte. Als Irene die Augen wieder aufschlug, standen die Porphyrmauern des Gebärgemachs so festgefügt wie eh und je. Die Hebammen lachten und scherzten miteinander. Alles war friedlich. Nur das Neugeborene schrie aus Leibeskräften. Das Kind wurde geküßt und in kostbare Decken gewickelt. Irene stützte sich auf und lächelte. Stolz konnte sie auf sich sein. Sie hatte ihrem Mann den ersten Sohn geschenkt, einen echten Purpurgeborenen. Konstantin sollte er heißen und irgendwann der sechste seines Namens werden, der den Kaiserthron von Konstantinopel bestieg. Doch dann hörte sie es draußen poltern. Die Hebammen blickten sich erschrocken um. Auch der Pope sah zur Tür, aber er war unfähig, zu verhindern, was geschah. Vier Männer drangen ins Purpurgemach ein. Sie stießen den Popen zur Seite, trieben die Hebammen in eine Ecke und entrissen ihnen das Neugeborene. Irene wollte aufstehen und sich ihnen in den Weg stellen, aber weder Arme noch Beine gehorchten ihr. Laßt ab von meinem Sohn, wollte sie schreien, doch ihr Hals war wie zugeschnürt. Einer der Männer legte das Neugeborene auf eine Anrichte. Es wimmerte. Und dann vollzog sich vor Irenes Augen die Metamorphose. Binnen weniger Augenblicke verwandelten sich des Kindes Ärmchen und Beinchen in kraftvolle Glieder. Die weichen Säuglingszüge wichen den Gesichtskonturen eines jungen Mannes. Am Kopf sproß schwarzes Haar, um die Lippen dichter Bart. Nun waren auch die anderen drei Männer nötig, um ihren Sohn auf der Anrichte festzuhalten.

„Laßt mich los. Ich bin der Kaiser", rief Konstantin und strampelte mit den Beinen. Die Männer wuchteten ihr ganzes Gewicht auf seine Gliedmaßen. Irene wünschte, sie hätte irgend etwas tun können. Ihr Sohn kämpfte gegen vier Gegner um sein Leben. Er war nicht schwächlich, aber er hatte keine Chance. Ein Dolch blitzte auf. Dann bohrte sich die Spitze der Waffe in sein rechtes Auge und schnitt es heraus. Irene wandte den Blick ab und hielt sich die Ohren zu. Als sie wieder aufsah, hatten die Angreifer ihr Werk vollendet. Aufrecht saß ihr Sohn auf der Anrichte. Blut floß aus den leeren Augenhöhlen und tropfte in seinen Schoß. Und dennoch waren diese Augen auf Irene gerichtet, als seien sie gar nicht tot. Dabei bewegte Konstantin unablässig die Lippen. Ihr blinder Sohn sprach mit ihr, doch was immer er ihr auch mitteilte, sie wollte es nicht hören. Um Konstantin herum standen die anderen: die Frauen, der Priester, die vier Männer – in seltsamer Eintracht gafften sie sie an. Sie wußte, es würde ein Fehler sein, die Hände von den Ohren zu nehmen, aber sie tat es trotzdem. „Fahr zur Hölle, du Hure. Du wirst niemals Kaiser sein", kam es aus Konstantins blutverschmiertem Mund, und dann lachten alle.

Das Gelächter noch in den Ohren, erwachte Irene und warf die Bettdecke zurück. Am Haaransatz hatte sich Schweiß gesammelt. Das brokatene Nachtgewand klebte an ihrem Körper. In ihrem Schlafzimmer war es stickig. Tränen liefen ihr übers Gesicht, als sie aufstand, um die hohen, safrangelben Vorhänge vor den Fenstern zurückzuziehen. Doch wo teilten sich hier die Stoffbahnen? Sie zog den Vorhang zu sich heran und fand doch keine Lücke. Dann schob sie ihn in die entgegengesetzte Richtung. Auch hier keine Öffnung. Ihre Beine drohten nachzugeben. Sie krallte die Finger in den Vorhangstoff, um nicht zu stürzen. Auf einmal spürte sie, daß jemand bei ihr war. Ein Arm umfing sie und hielt sie fest.

„Ich kriege keine Luft", stöhnte sie.

Ihr Helfer handelte rasch. Er zog die Vorhänge auf, löste an einem der Fenster die Verriegelung und drückte mit der Hand die Milchglasscheibe auf, die sich um eine Mittelachse drehte. Frische Luft strömte herein.

„Danke, daß du gekommen bist, Aëtios", sagte Irene, lehnte sich an die Brüstung und atmete tief ein. Von ihrem Schlafgemach aus hatte sie einen weiten Blick über die Gärten ihres Palastes, die fast bis ans Ufer des Marmarameeres reichten. Der rotierende Lichtkegel des Leuchtfeuers von Boukeleon streifte die schaukelnde Dromonen-Flotte im nahegelegenen Hafen. Es war ungewöhnlich still in Konstantinopel in dieser Winternacht. Auf den Kuppeln der Kirchen, auf Dächern und Pavillons lag Schnee. Er minderte die Dunkelheit. Aber er schluckte auch jeden Laut. Der Wind war eisig, allein die klare Luft tat ihr gut. Sie verscheuchte die Schrecken ihres Traumes.

„Gut, daß ich noch draußen war, um mir die Beine zu vertreten, Sebaste[32]. Als ich zurückkam, habe ich dich schreien hören. Wo sind deine Hofdamen? Sie sollten nachts in deiner Nähe sein", sagte Aëtios, doch Irene winkte ab.

---

[32] Sebaste (f), Sebastos (m): Anrede für die byzantinischen Kaiser, entspr. der römischen Anrede Augusta/us

Aëtios erwartete nichts anderes. Irene gab nicht allzuviel darauf, daß die Hofdamen ihr aufwarteten. Schließlich war sie kein weibliches Anhängsel eines Kaisers, sie war selbst „der Kaiser". Sie verbrachte ihre Tage nicht mit Musizieren und Handarbeiten. Sie regierte. Ihr persönliches Umfeld bestand aus Männern und Eunuchen. Und daran hatte sich nichts geändert.

„Du hast wieder geträumt." Aëtios wechselte mühelos in die alte Vertraulichkeit zwischen ihnen.

Sie blickte ihn an. Seine Scharfsinnigkeit trotzte ihr immer Bewunderung ab. Er war ihr treuester Freund, dennoch hatte sie ihm nie erzählt, was in ihren Träumen geschah. Bis vor einigen Monaten war er als erster Palasteunuch stets in ihrer Nähe gewesen. Schließlich allerdings hatte er den Posten eines Strategos von Anatolien übernommen, den Oberbefehl über ihre wichtigsten Truppen. Er hatte Konstantinopel verlassen. Heute war er nur wegen des Feiertages da. Sie vermißte ihn bei Hofe. Nun zeigte sich wieder einmal warum.

„Seit Jahren geht das nun schon so. Immer derselbe Traum. Ich fürchte mich vor dem Wiedereinschlafen." Sie fröstelte.

Aëtios löste die Fibel an seiner Schulter und hüllte sie in den Mantel, den er trug. „Du solltest trotzdem ins Bett zurückkehren."

„Nein", sagte sie. „Ich will nicht wieder träumen."

„Sei vernünftig. Was willst du denn tun? Wieder einmal ziellos durch die Palastgärten laufen? Die ruhelosen Nächte der Kaiserin sind Stadtgespräch auf allen Foren."

Das wußte sie. Deshalb versuchte sie seit einiger Zeit, die Öffentlichkeit zu meiden. Morgen hingegen würde sie sich zeigen müssen. Am ersten Januartag feierte die Stadt die Beschneidung des Herrn. Ein Gottesdienst in der Kirche der Heiligen Weisheit erforderte ihre Anwesenheit. Der Palast jedoch, den sie sich unlängst hatte bauen lassen, lag im Westen von Konstantinopel. Um zur „Heiligen Weisheit" zu kommen, würde sie die halbe Stadt durchqueren müssen. Dabei wagte sie sich kaum noch ins Hippodrom. Immer häufiger kam es ihr vor, als interessiere sich das Publikum kaum noch für die Pferderennen. Statt dessen klebten geringschätzige Blicke an ihr. Man glaubte, sie habe ihren eigenen Sohn umbringen lassen, um selbst Kaiserin zu sein. Doch damit tat man ihr unrecht. Sie hatte lediglich angeordnet, daß man Konstantin blende, denn er war kein guter Kaiser gewesen. Mit seiner Parteinahme für die Ikonenverächter spaltete er Volk und Armee. Unfähig, im Felde gegen die arabischen Truppen zu bestehen, verpflichtete er sich zu Tributzahlungen gegenüber dem Kalifen, obwohl das Reich sie kaum aufbringen konnte. Kurze Zeit später erlitt er an der Nordgrenze eine Niederlage gegen das Heer des Bulgaren-Khan. Den Brüdern seines verstorbenen Vaters ließ er die Augen ausstechen und die Zungen herausschneiden, und den Klerus brachte er gegen sich auf, als er seine erste Frau verstieß, um eine Konkubine zu ehelichen. Irene selbst schickte er ins Exil, und eine Zeitlang regierte er nach eigenem Gutdünken. Erst als sich abzeichnete, daß die Armee genug von ihm hatte, holte er die Mutter ans Goldene Horn zurück, um erneut mit ihr die Regentschaft zu teilen.

Irene hatte damals gewußt, daß diese Entscheidung Konstantins nur ein Zugeständnis an seine unzähligen Gegner im Reiche war. Früher oder später würde er sie beseitigen lassen. Alle ihre Vertrauten, Aëtios eingeschlossen, rieten ihr deshalb, ihm zuvorzukommen, wenn sie selbst überleben und die Zukunft Konstantinopels sichern wollte. Einen Purpurgeborenen umzubringen kam jedoch nicht in Frage. Einen Purpurgeborenen mußte man regierungsunfähig machen. Die beste Methode, um das zu bewerkstelligen, war, ihm das Augenlicht zu rauben. Und so hatte sie es befohlen. Die gedungenen Attentäter indes waren stümperhaft zu Werke gegangen. Seitdem herrschte sie allein, aber zu welchem Preis?

„Ich will morgen nicht am Gottesdienst teilnehmen", sagte sie. „Ich will dort nicht hinaus."

„Du mußt", antwortete Aëtios. „Willst du dich nur wegen eines dummen Traumes für immer im Palast verstecken?"

„Es ist mehr als ein dummer Traum. Du würdest anders denken, wenn du ihn träumen müßtest."

„Dann erzähl ihn mir endlich."

Zögernd schilderte Irene ihrem Vertrauten, was sie seit drei Jahren in so vielen Nächten im Schlaf sah. Als sie geendet hatte, blickte sie hinaus in die dunkle Stille.

Aëtios schwieg. Wie entsetzlich! Weil ihm nicht gleich eine Erwiderung einfiel, musterte er das Ebenmaß ihres Profils. Sie war nur ein junges Mädchen aus Athen gewesen, als man sie einst als Gemahlin für den Thronfolger ausgewählt hatte, nicht gerade von hervorragendem Adel, gleichwohl wunderschön: milchweiße Wangen, Augen wie Lapislazuli, Haar von glänzendem Schwarz, das in seidigen Flechten ihr Haupt umrahmte. Niemand erwartete von der Gemahlin eines Kaisers mehr als Liebreiz und gute Herkunft. Als ihr Mann jedoch einige Jahre nach der Thronerhebung starb und sie die Regentschaft für den unmündigen Konstantin übernahm, zeigte sich, was wirklich in ihr steckte. Sie schlug mehrere Aufstände in der Armee nieder und schlichtete den Streit zwischen Ikonenverehrern und Ikonengegnern. Tarasios, der gegenwärtige Patriarch von Konstantinopel, verdankte ihr sein Amt. Militärische Erfolge gegen die Bulgaren und abtrünnige Regionen des Reiches festigten ihre Herrschaft dergestalt, daß sie, als ihr Sohn volljährig wurde, nicht mehr bereit war, den Thron zu räumen, und alle Versuche Konstantins, die Mutter loszuwerden, schlugen fehl.

Auch heute, drei Jahrzehnte nach ihrer Ankunft in Konstantinopel, war Irene noch immer eine wundervolle Frau. Wenn sie den massiven, edelsteinbesetzten Kronreif der byzantinischen Herrscher trug, war sie ein Kaiser vom Scheitel bis zur Sohle, die prachtvollste Majestät, die das Reich seit der legendären Theodora je gehabt hatte. In solchen Momenten sah man nicht mehr, daß das Schwarz ihres Haares inzwischen stumpf geworden war, und auch deshalb brannte Aëtios nach wie vor für seine Kaiserin.

„Ich glaube, dein Traum rührt daher, daß du dich schuldig fühlst an Konstantins Tod", sagte er schließlich. „Immerhin war er dein eigen Fleisch und Blut!"

Da wandte sie sich zu ihm, und jäh zerstob der Zauber: Sie hatte nichts mehr vom Mädchen von damals an sich. Das Blau ihrer Augen mochte nichts von seiner Tiefe eingebüßt haben, doch die Züge um Mund und Nase herum waren hart geworden, so hart, daß man den Makel ihres Alters selbst im Dunkel dieser Winternacht kaum übersehen konnte.

„Du magst richtig vermuten", sagte sie. „Aber sollte das eigen Fleisch und Blut wirklich immer über allem stehen, auch wenn es nichts taugt? Welch eine

Kaiserin wäre ich, wenn ich mich von Muttergefühlen hätte leiten lassen, als es darum ging, Konstantinopel zu retten? Konstantins Tod war ein Unfall. Ich hätte ihn gern vermieden, doch das lag nicht in meiner Macht. Für die Stadt allerdings ist ein toter Konstantin allemal besser als einer, der regiert. Das ist meine Überzeugung, und deshalb könnte ich die Schuldzuweisungen meiner Untertanen ertragen und selbst mit Alpträumen leben, die mir das eigene schlechte Gewissen beschert – wenn da der Fluch nicht wäre, mit dem diese Träume stets enden. Konstantins Fluch, daß ich niemals Kaiser sein werde, macht mir angst, Aëtios. Ich glaube, daß er sich erfüllen wird." Sie erschauerte, und diesmal war daran nicht die Kälte schuld.

„Irene, es ist nur ein Traum!" sagte Aëtios. Er fing an, sich Sorgen um sie zu machen. Sie war immer eine vernünftige Frau gewesen, entschlossen in ihrem Tun, unsentimental in ihren Ansichten. Jetzt stand sie, seinen Mantel über den Schultern, die Kleider vor der Brust zusammengerafft, unter dem Bogen eines weitgeöffneten Fensters in ihrem Palast und faselte etwas von Flüchen. Eine Haarsträhne hatte sich gelöst.

Der Ärmel ihres Nachtgewandes flatterte im Wind. Aëtios sah aus dem Fenster in den Palasthof hinab. Tief ging es hier hinunter: für ihn Grund genug, diese nächtliche Szene zu beenden. Bestimmt schloß er das Fenster und schob Irene ins Gemach zurück. Sie ließ es geschehen. Sie war inzwischen blaß und kalt. Er steckte sie ins Bett, setzte sich zu ihr und rieb ihr Arme und Füße.

„Hast du zu all dem nicht mehr zu sagen?" fragte sie, als das Blut in ihren Extremitäten wieder zu zirkulieren begann.

„Soll ich dich in deinen Phantastereien etwa noch bestärken?" gab er zurück. „Du bist Kaiser. Du allein. Was du einen Fluch nennst, ist nur ein Hirngespinst."

Sie setzte sich wieder auf. „Bist du dir da so sicher? Hast du wirklich nie darüber nachgedacht, was es bedeutet, daß ich nur eine Frau bin?" fragte sie. „Eine Frau kann keine Armee befehligen. Viele sagen, daß schon deshalb nur ein Mann Kaiser sein kann."

„Jesus Christus!" Aëtios sprang auf. „Das ist Gossengeschwätz. Warum hörst du darauf?"

„Das ist nicht nur Gossengeschwätz", entgegnete sie. „Du bist weit weg und bekommst kaum noch mit, was hier in Konstantinopel geschieht. Mich hingegen hat erst vor wenigen Tagen die Nachricht erreicht, daß Papst Leo sich öffentlich geäußert hat. Seit Konstantins Tod betrachtet Rom den Kaiserthron als vakant."

„Rom? Was bitte ist Rom? Redest du von den Triumphbögen Konstantinopels oder etwa von diesem mückenverseuchten Schlammloch am Tiber, wo wilde Schweine an zerfallenen Siegessäulen ihre Kittel schaben?"

„Ganz gleich, wie die Stadt heute aussieht: Ihr Bischof ist der erste im Reich."

„Das ist lächerlich. Leo sollte den Mund halten. Er traut sich in seiner eigenen Stadt nur noch auf die Straßen, wenn ihn eine fränkische Königsgarde begleitet. Sein geistlicher Anspruch ist genauso baufällig wie die Gemäuer, in denen er haust. Wie kannst du glauben, er sei befugt, über den Herrscher von Konstantinopel zu urteilen? Konstantinopel hat seinen eigenen Patriarchen. Es spielt also keine Rolle, ob du Mann bist oder Weib, Irene, ob du Streitkräfte befehligen kannst oder nicht. Solange ich der Militärbefehlshaber von Anatolien bin, wird das Reichsheer dir den Thron sichern, auf dem seit Jahrhunderten die Nachfolger der alten Imperatoren und Beschützer der Christenheit sitzen. – Tu mir den Gefallen und schlafe jetzt. Morgen nach dem Gottesdienst bittest du Tarasios um eine Privatandacht. Er wird sie dir gewähren. Dann kannst du die Muttergottes noch einmal persönlich darum bitten, endlich diese verdammten Träume von dir zu nehmen."

Er drückte sie mit sanfter Gewalt in die Kissen zurück und deckte sie sorgfältig zu. Sie schien ihren Widerstand aufgegeben zu haben und schloß die Augen. Er setzte sich auf ihr Bett und betrachtete sie eine Weile. Als ihr Kopf zur Seite gefallen war, zog er den Fenstervorhang zu, und bevor er ging, drehte er sich noch einmal zu ihr um, um sicherzugehen, daß sie wirklich schlief.

Am nächsten Vormittag bestieg Irene, gekleidet in einen Mantel aus Hermelin, einen geschmückten Zelter, der sie über die verschneite Mittelstraße bis zur „Heiligen Weisheit" tragen sollte. Sie war guten Mutes. Der Traum war nicht wiedergekommen, und so konnte sie den anstrengenden Tag zumindest ausgeruht beginnen. Bevor sich der Zug in Bewegung setzte, sah sie sich nach Aëtios um, der als ranghöchster Befehlshaber wenige Reihen hinter ihr ritt. Er nickte ihr zu. Sodann gab sie dem Zugführer den Befehl zum Aufbruch.

Auf Konstantinopels Straßen war allerhand los. Die Menschen eilten in die Gottesdienste. Sie wollten den Feiertag begehen. Viele allerdings standen an den Absperrungen, die man längs der Mittelstraße errichtet hatte, um dabeizusein, wenn die Kaiserin mit ihrem Gefolge durch die Stadt zog. Hier und da winkte man Irene zu. Sie war erleichtert, daß ihr heute keine Feindschaft entgegenzuschlagen schien.

Dann erblickte sie einen Knaben, der nah an den Absperrungen stand. „Hoch unserer Kaiserin!" rief er, und seine Wangen glühten vor Stolz, sie grüßen zu dürfen. Plötzlich allerdings war ein Mann neben ihm, vielleicht sein Vater. Er schlug ihm mit der flachen Hand an den Kopf und schimpfte. Was er sagte, konnte Irene nicht verstehen. Der Junge versuchte, sich zu ducken, hob abwehrend die Hände. Der Mann jedoch stieß ihn in den Rücken und trieb ihn aus der Menge heraus.

Nun fiel ihr auf, daß auch andere abweisend auf sie reagierten. Einige Leute, die den Zug passierten, sahen kurz zu ihr hinauf, senkten den Kopf aber sofort wieder, so als würden sie sie nicht kennen.

Zwischen Theodosius- und Konstantinsforum wurde es dann schlimmer. An der Straßenseite eines Lagerhauses hatte man eine Wandschmiererei entdeckt, die gestern noch nicht dagewesen war. Irene ritt daran vorbei, konnte allerdings nicht erkennen, was sie darstellte. Sie sah nur die Leute des Stadt-Eparchen[33], die auf rasch zusammengezimmerten Gerüsten versuchten, den Schriftzug zu überpinseln.

Danach, kurz bevor sie das Konstantinsforum erreichte, flog von irgendwoher aus der Menge ein Schneeball heran und traf sie am Kopf. Irene hatte Mühe, nicht aus dem Sattel zu stürzen. Allein der kostbare Kronreif rutschte ihr vom Haar und fiel zwischen die Hufe der Pferde. Der ganze Zug kam ins Stocken. Ein Raunen ging durch die Reihen. Die Menschen, aus deren Mitte der Wurf kam, schauten einander erschrocken an. Aëtios war sofort an Irenes Seite.

„Ihr da“, befahl er einer sechsköpfigen Einheit der kaiserlichen Chasarengarde[34]. „Verfolgt mir diesen Frevler. Bringt ihn mir persönlich.“

---

[33] Eparch: Statthalter einer byzantinischen Provinz
[34] Chasaren: ein Turkvolk aus Zentralasien

Die Männer gehorchten ohne Zögern. Aëtios sah zu, wie sie über die Absperrungen setzten und die Menge ängstlich auseinanderstob. Wenn der Schneeballwerfer nicht schon lange irgendwo in den Kolonnaden verschwunden war, würde er ein Exempel an ihm statuieren.

Inzwischen war ein Hofmann vom Pferd gestiegen, hatte die Krone aufgehoben und reichte sie Aëtios unversehrt zurück. Der dankte ihm und setzte sie der Kaiserin wieder auf.

„Das war ein Anschlag", flüsterte Irene ihm zu, als er die zu beiden Seiten an der Krone befestigten Perlenstränge auf ihrer Schulter drapierte.

„Mach bitte kein Aufhebens darum, Sebaste", flüsterte Aëtios zurück. „Ich kümmere mich um die Angelegenheit."

Ganz entgegen dem Protokoll blieb er auf dem Rest der Strecke an ihrer Seite, und der Zug erreichte ohne weitere Vorkommnisse die Kirche der Heiligen Weisheit.

Aëtios zog es vor, am Gottesdienst nicht teilzunehmen. Nachdem sich das Kirchenportal geschlossen hatte und er Irene sicher in der

Kaisergalerie wußte, erwartete er die Männer, die er ausgesandt hatte, draußen. Doch die Chasaren kamen ohne den Delinquenten zurück.

„Laßt mich raten", begrüßte Aëtios sie, bevor sie ihr Versagen zugeben mußten. „Keiner kennt ihn, und keiner hat ihn gesehen. Ich habe damit schon gerechnet." Wütend trat er gegen einen zusammengekehrten Schneehaufen.

„So ist es", bestätigte der Anführer der Einheit. „Aber wir haben uns umgehört und herausgefunden, was der Grund für den Anschlag gewesen sein könnte."

Na, wenigstens etwas. „Laß hören", sagte Aëtios.

„In der Stadt kursiert das Gerücht, daß es am Weihnachtstag im Petersdom zu einer Kaiserkrönung gekommen ist."

„Was?" Aëtios lachte auf. „Unglaublich, was die Leute sich alles erzählen lassen."

Der Gardeanführer hingegen schüttelte den Kopf. „Das ist kein Scherz. Papst Leo soll den Frankenkönig Karl zum Kaiser von Rom gekrönt haben. Und es gibt in Konstantinopel eben einige, die daraus schließen, daß unsere Kaiserin nun keine Kaiserin mehr ist."

Nun lachte Aëtios nicht mehr. Das erklärte natürlich einiges: die merkwürdige Stimmung in der Stadt genauso wie die Wandschmierereien und den geradezu symbolhaften Schneeballwurf. Und es bestätigte Irenes Ängste.

„Verdammt!" fluchte er. „Wir haben Spione im Lateran. Wieso weiß das Volk etwas, was wir nicht wissen?"

„Es hat niemand damit gerechnet", sagte der Chasare. „Die Krönung soll für alle überraschend erfolgt sein, sogar für Karl selbst. Wie hätten unsere Agenten da etwas wissen können? Ein Handelsschiff hat die Nachricht vor zwei Tagen mitgebracht. Sie war eher an den Kais, als irgendein Bote aus Rom hierher hätte gelangen können."

Das klang plausibel. Aëtios hatte keinen Zweifel, daß Irenes Agenten die Bestätigung der Geschehnisse in den kommenden Tagen nachreichen würden. Doch das machte es auch nicht besser. Welche Tragweite die Tatsache haben würde, daß es nunmehr zwei Kaiser gab, war vollkommen unabsehbar. Ungeduldig wartete Aëtios auf den Schluß des Gottesdienstes. Als sich nach geraumer Zeit endlich die Portale der „Heiligen

Weisheit" öffneten, stellte er sich an den Wegesrand. Irene kam an der Seite des Patriarchen heraus und sprach mit ihm. Sie wirkte gelöster als vorhin. Von dem Anschlag mit dem Schneeball hatte sie sich offenbar erholt. Wahrscheinlich war sie sich mit Tarasios über die Andacht einig geworden, zu der Aëtios ihr geraten hatte.

Gern hätte er jemand anderen geschickt, um ihr die Neuigkeiten mitzuteilen. Aber das war nun einmal seine Aufgabe. So ging er ihr entgegen, verneigte sich vor ihr und sagte: „Sebaste, wir müssen reden."

986 – Bjarnis Schiff

Nein! Das ist nicht Grönland, dachte Bjarni Herjólfsson, als der Nebel sich lichtete. Er stand, gekleidet in das daunengefütterte, ölgetränkte Tuch eines Nordlandfahrers, auf dem achtern Deck der „Ägir" und schwitzte. Es war bereits Oktober. Wie konnte es um diese Jahreszeit hier oben nur so warm sein? Hinter dem Strand, den sie östlich passierten, erhoben sich, so weit das Auge reichte, vom Herbst gefärbte Hügel und Wälder. Das rot-weiß gestreifte Rahsegel des Handelsschiffes blähte sich im Fahrtwind. Einige Tage zuvor noch hatte die „Ägir" gegen einen schweren Sturm angekämpft. Er hatte sie offenbar vom Kurs abgebracht.

„Es wird Grönlands Osten sein", sagte Thorolf, Bjarnis Steuermann, der neben ihm stand, während der Rest der Mannschaft immer noch dabei war, den Laderaum zu lenzen. „Wir sollten wenden und uns südwestlich halten. Dann müßten wir irgendwann auf Eriks Fjord stoßen."

„Nein", antwortete Bjarni. „Das glaube ich nicht. Wenn da drüben Grönland liegt, wo sind dann die schneebedeckten Gipfel, wo die Gletscher, die man uns beschrieben hat?"

Thorolf strich sich über den Bart. „Du hast recht, das ist schon eigenartig. – Laß uns anlanden und die Gegend erkunden. Vielleicht treffen wir ein paar von unseren Leuten, die uns weiterhelfen können."

„Weißt du nicht, wie riesig Grönland sein soll? Der Rote und seine Gefolgsmänner haben nur die Südspitze besiedelt. Da drüben ist also kein Mensch. Und nach einer Begegnung mit Eisbären steht mir nicht der Sinn."

„Eisbären? Bjarni, die gibt es nur dort, wo auch Packeis ist. Ich sehe weit und breit kein Packeis."

„Eben", sagte Bjarni. „Das ist nicht Grönland."

Thorolf gab es auf. Mit Bjarni war nicht zu reden. Aber die Mannschaft, die würde murren. Sie alle waren seit Tagen ohne Landgang und vollkommen erschöpft. Nach all den Entbehrungen brauchten sie unbedingt wieder warme Kost. Sie hatten genug von getrocknetem Heilbutt. Dort drüben hätten sie sicher Karibus jagen können.

Das wußte auch Bjarni, und er hätte seiner Mannschaft ein wenig Rast gern gegönnt. Allein er traute dieser Küste nicht. Zudem hatte er Waren geladen: Bernstein, Waffen und Bauholz. Er war vor zwölf Nächten aus Norwegen aufgebrochen, um die Ladung nach Island zu bringen, wo sein Vater Herjólf Handel trieb. Doch als er dort angekommen war, hatte er das Gehöft verlassen vorgefunden. Herjólf, so sagte man ihm, sei bereits im Sommer mit Erik dem Roten nach Grönland aufgebrochen, um dort Neuland zu nehmen. Er hatte seinem Sohn die Aufforderung hinterlassen, ihm mit den Waren zu folgen, und obwohl Bjarni nie zuvor nach Grönland gefahren war, stach er sofort wieder in See, ausgestattet nur mit der Weisung, er möge sich auf striktem Westkurs halten. Treibeis aus dem Norden war zunächst ihr treuester Begleiter: ein sicheres Indiz dafür, daß der Winter nicht mehr weit war. Und dann kam das Unwetter auf. Nach drei Tagen Sturm fiel dichter Nebel über die „Ägir". Ohne die Möglichkeit, den Standort zu bestimmen, trieben sie einen ganzen Tag lang hilflos in der Strömung. Erst heute morgen war die Sicht wieder besser geworden. Doch es gab hier kein Treibeis mehr.

Wie weit waren sie nach Süden abgedriftet? War es möglich, daß es sie an die Küste Britanniens verschlagen hatte? Dann mußten sie also nach Norden. Bjarni wußte, daß die Mannschaft seine Entscheidung nicht billigen würde, doch er war der Eigner der „Ägir". Als er seine Männer mittschiffs um den Mast herum antreten ließ, gab er die Order aus, der unbekannten Küste zu folgen, und zwar ohne Landgang.

Die „Ägir" hielt in den nächsten Tagen Kurs. Sie passierte gewaltige Landmassen mit ausgedehnten Wäldern und Stränden. Als schließlich eisbedeckte Gipfel auftauchten und wieder Treibeis herandriftete, begriff Bjarni, daß dies nicht die Küstenlinie Britanniens war. Um nicht in die Polargewässer zu gelangen, befahl er einen neuen Kurs nach Osten. Es dauerte noch vier Tage, bis auf der „Ägir" wieder Land gesichtet wurde, bedeckt von Packeis und mit kalbenden Gletschern. Na also. Das endlich mußte Grönlands Westküste sein.

Die „Ägir" wendete auf Südkurs, und schließlich erreichte sie die Mündung eines eisfreien Fjords mit unzähligen Inseln. Genau so hatte man Bjarni die

Gegend beschrieben, in der Eriks Siedlung liegen sollte. Sie segelten den Fjord hinauf und kamen schließlich an eine Schiffslände, über der sich einsam der typische Hof eines norwegischen Bonden erhob. Als sie näherkamen, sah Bjarni, daß um das Gehöft allerlei Volk zusammenlief. Die „Ägir" ging vor Anker, und Bjarni und Thorolf setzten mit einem Beiboot an Land. Ein hochgewachsener Mann mit rotem Haar kam den Hügel hinab, hinter ihm ein halbwüchsiger, blonder Junge, vielleicht vierzehn Jahre alt. Er musterte die Ankömmlinge, reckte den Hals aber vor allem nach der „Ägir". Bjarni und Thorolf stellten sich vor.

„Willkommen auf Brattahlid", erwiderte der Bonde den Gruß. „Ich bin Erik." Er schob den Jungen nach vorn. „Und das ist mein Sohn Leif. Kommt zu uns herauf. Ich lade die ganze Mannschaft ein zu Bier und Rentierschinken. Eure Ladung könnt ihr später löschen. Jetzt wird gefeiert."

Eigentlich hätte Bjarni nach all den Anstrengungen gegen eine Feier nichts einzuwenden gehabt. Er war sehr froh, nach seiner Irrfahrt endlich wieder festen Boden unter den Füßen zu haben.

„Ich danke dir, Erik", antwortete er dennoch. „Aber ich muß leider weiter. Ich suche meinen Vater Herjólf."

„Herjólf brauchst du nicht zu suchen. Er wohnt ein paar Meilen südlich. Leicht zu finden."

„Leichter zu finden als Grönland sicher allemal." Bjarni zog die Brauen hoch. „Wir haben schon gedacht, wir wären verloren. Wir kommen von Island, sind aber nach Westen abgetrieben worden. Den Göttern sei Dank, daß es so weit draußen im Südwesten noch Land gibt. Nicht auszudenken, was geschehen wäre, wenn wir auf dem offenen Ozean die Orientierung verloren hätten."

„Land?" Erik runzelte die Stirn. „Du mußt dich irren. Südwestlich von Grönland gibt es kein Land mehr." Der Junge an seiner Seite hörte aufmerksam zu.

„O doch!" bestätigte Thorolf. „Tagelang sind wir auf der Fahrt immer wieder auf Land gestoßen. Wir wollten auch von Bord, aber Bjarni hat es verboten. War wohl auch besser so."

„Das sind ja tolle Neuigkeiten", sagte Erik und faßte Bjarni an der Schulter. „Du wirst sicher verstehen, daß ich euch nun nicht mehr gehen lassen kann. Herjólf hat lange auf dich warten müssen, Bjarni. Er wird noch einen Tag länger warten können. Ihr kommt jetzt mit uns und erzählt uns eure Abenteuer. Ich dulde keinen Widerspruch."

Bjarni seufzte, gab jedoch mit einem Nicken nach. Erik der Rote war kein angenehmer Zeitgenosse. Man hatte ihn aus Island verbannt, weil er zu schnell mit Schwert und Axt bei der Hand war, wenn es nicht nach seinem Willen ging. Bjarni wollte nicht riskieren, seinen Mißmut auf sich zu ziehen. Er schickte Thorolf zurück auf die „Ägir", um die Mannschaft zu holen. Während sich Bjarni von Erik den Berghang hinaufführen ließ, fühlte er auf einmal eine Berührung am rechten Arm. Er blickte sich um. Eriks Sohn ging neben ihm her, die Wangen vor Aufregung gerötet.

„Warum habt ihr euch das Land nicht angesehen?" fragte er.

„Nun laß unseren Gast doch erst mal ankommen, Leif", tadelte sein Vater.

„Wieso warten? Ich möchte es jetzt wissen. Wenn ich mit einem Schiff auf fremdes Land stoßen würde, würde ich keinen Moment zögern, es zu erforschen. Das ist doch aufregend."

Bjarni blieb stehen. „Ich bin ja kein Wikinger auf Abenteuerfahrt", erklärte er dem Jungen. „Ich habe die Verantwortung für meine Männer und für meine Ladung. Man kann nie wissen, was einen an fremden Küsten erwartet: feindliche Bewohner, wilde Tiere. Ich wollte vor dem Winter in Grönland bei meinem Vater ankommen."

Leif sah nicht so aus, als würde er das verstehen. Er blickte hinunter auf die „Ägir", die mit gerefftem Segel im Fjordwasser dümpelte.

„Verkaufst du mir dein Schiff?" fragte er plötzlich, und seine Augen leuchteten dabei.

Bjarni betrachtete den Jungen genauer. Ein erster zarter Flaum sproß über seiner Oberlippe. Ansonsten lag auf seiner Haut noch eine mädchenhafte, rosige Frische. „Junger Leif Eriksson", sagte er darum. „Kompliment, du bist ein Kenner. Die ‚Ägir' ist in der Tat das beste Schiff weit und breit, aber ich brauche sie noch. Sie steht nicht zum Verkauf. Außerdem bist du noch nicht alt genug, um ein Schiff zu führen und neue Welten zu erforschen. Frag doch in ein paar Jahren noch mal nach. Dann reden wir über einen Verkauf."

„Hand drauf?" fragte Leif und hielt Bjarni die Rechte entgegen. Der Kaufmann zögerte. „Hand drauf!" sagte er schließlich und schlug ein.

Nun gab der Junge Ruhe. Er lachte und rannte voraus. Oben begegnete er einer Magd, die einen Bierkrug trug, schlug ihr auf den Hintern und rief ihr zu: „Beeilung, wir haben Gäste."

Bjarni setzte seinen Weg den Berghang hinauf fort und sah ihm nach. Erik war ein wenig vorausgegangen, hatte das Gespräch jedoch verfolgt.

„Er ist wie ich", sagte er, als sein Gast zu ihm aufgeschlossen hatte. „Manchmal allerdings weiß ich nicht, ob ich mich darüber freuen soll oder ob es mir Sorgen macht."

„Ich hoffe doch, daß er diese Sache bald vergißt", sagte Bjarni, während sie weitergingen.

„Hoffen kann man das", erwiderte Erik und wog zweifelnd den Kopf. „Aber zählen würde ich darauf nicht."

Dann waren sie oben angekommen. Erik öffnete die Tür seines Hauses und bat Bjarni herein.

1347 – Von Hafen zu Hafen

Da waren sie! Na also! Im Handelshafen von Caffa an der Krim stand Ettore Grimaldi auf dem Achterkastell seiner „Tramontana" und sah in Richtung Osten zwölf weiße Dreiecke am Horizont auftauchen. Es waren die Lateinersegel des Konvois, den sein byzantinischer Handelsgenosse Michail Andronikos heranführte. Während der Grieche draußen vor der Bucht die Steilküste der Halbinsel Cerchio umschiffte, schickte Ettore ein Dankgebet in den Himmel.

Daß Andronikos endlich die Besorgungen hatte erledigen können, wie er sie ihm vor der Belagerung aufgetragen hatte, war für Ettore schon Grund genug, aufzuatmen, aber es gab noch mehr, worüber er sich freuen konnte. Die Armee der Goldenen Horde, die die Stadt belagert hatte, war seit einigen Tagen endlich abgezogen. Armenier, Russen und Tscherkessen, die bei Belagerungsbeginn in die Stadt geflüchtet waren, hatten in ihre Viertel außerhalb der Mauern zurückkehren können. Auf Caffas Wehrtürmen, arg mitgenommen im monatelangen Beschuß durch die Triboken[35], wehte im frischen Sommermorgenwind überall wieder unbehelligt in Rot auf weißem Grund das Kreuz der Seerepublik Genua. Der Krieg war vorbei – fürs erste, und Caffa hatte bei all dem nur unwesentlich Schaden genommen. Dafür mußte man einfach dankbar sein.

Jetzt hieß es, den Fernhandel wiederzubeleben, der vernachlässigt worden war, solange die Stadt ihren Hafen ausschließlich dazu verwendet hatte, ihre mehr als hunderttausend Einwohner zu versorgen.

Ettore hatte einen Vertrag zu erfüllen: in Tana Waren aus China aufkaufen und sie über Messina nach Genua bringen, wo sein Kreditgeber, bereits der Verzweiflung nah, auf ihn wartete. Es war nicht seine Schuld gewesen, daß er den Auftrag bisher nicht hatte ausführen können. Schuld waren diese verdammten Tataren, deren Khane den Handel mal unterstützten, mal bekämpften, je nach Lust und Laune. Zur Zeit hatten die genuesischen und venezianischen Kaufleute es mal wieder mit einem besonders bockbeinigen Exemplar zu tun: Khan Dschani Beg hatte die Italiener vor einigen Jahren aus ihrer Handelsniederlassung in

---

[35] Belagerungsinstrument, Schleuder

Tana vertrieben. Die Genueser waren daraufhin in ihre Kolonie nach Caffa am Südstrand der Krim geflohen und hatten den Handel mit Südrußland, China und Indien mit Hilfe von Zwischenhändlern aus Konstantinopel weiterbetrieben. Auch Ettore machte es seither so. Insgesamt lagen vier Karacken mit ihren dicken, hungrigen Bäuchen am äußeren Ende von Caffas Landungsbrücken, und drei Dutzend kräftige Scheuerleute warteten auf die Anweisungen der Vorarbeiter, um die Waren, die Andronikos mitbrachte, von den kleineren Galeeren auf die größeren Schiffe umzuladen. Es war alles vorbereitet. Ettore wollte heute noch in See stechen, schon um die hohen Gebühren zu vermeiden, die er zahlen mußte, wenn er die Kontore in der Stadt als Zwischenlager benutzte. Und es sah so aus, als ob er das schaffen würde. Der Schiffskonvoi kam näher. Nach und nach holten die Männer da draußen die Segel ein und ließen die Riemen zu Wasser. Ettore schaute immer wieder gerne dabei zu, wie die Hafenbeamten die Galeeren an die Piers herandirigierten. Und auch Andronikos' eigenes Schiff lief ein. Ettore stand schon an den Dalben, als es längsseits kam.

„Sei gegrüßt, Grimaldi", rief Andronikos Ettore zu. Ettore grüßte mit einem „Willkommen" zurück. Dann fing er die Festmacherleine auf, die der Grieche ihm zuwarf und vertäute die Galeere. So machten sie es immer. Es war ein alteingespieltes Ritual. Eine Stelling wurde auf den Pier geschoben, und über die niedrige Bordwand betrat Ettore das Deck. Viel Ladekapazität hatten die Handelsgaleeren nicht, aber sie kamen in den seichten Gewässern vor Tana viel besser zurecht als die großen Karacken und eigneten sich bestens für den Transport der Luxusgüter, die sie nach Caffa holten.

Für die Fahrt nach Tana hatte Ettore Andronikos mit einer festgelegten Summe Geldes ausgestattet. Wenn Andronikos geschickt genug gewesen war, hatte er alles beschafft, was sein Auftraggeber wünschte, und eine Differenz zurückbehalten. Die war sein Gewinn.

Was Handelsgeschick anging, so war Andronikos einer der besten. Ettore hatte keinen Zweifel, daß der Auftrag zu seiner Zufriedenheit erledigt worden war, als die beiden Männer einander auf die Schultern klopften. Sie hatten sich sechs Monate nicht gesehen und während dieser Zeit durchaus damit gerechnet, daß es dabei bleiben würde.

„Und? Hast du alles bekommen?" fragte Ettore.

„Fast alles, was du dir wünschst, Grimaldi", sagte Andronikos und reichte Ettore die Wachstafel, die er ihm damals mitgegeben hatte. Ettore überflog die Liste: Parfüm, Elfenbein, Camocato-Seide, Edelsteine, Porzellan und anderes mehr. Jeder einzelne Punkt war abgehakt.

„Sogar die Persianer hast du besorgt?" fragte er.

„Es war schwierig", antwortete Andronikos. „Der Handel in Astrachan ist fast zusammengebrochen."

„Ich weiß", sagte Ettore. „Erstaunlich, daß du trotzdem erfolgreich warst, und deswegen möchte ich mich erkenntlich zeigen."

Andronikos sah ihn verwundert an. „Willst du nicht erst unter Deck gehen und die Ware kontrollieren?"

„Nein", sagte Ettore. „Ich habe keinen Grund, dir zu mißtrauen. Außerdem habe ich was Besseres vor. Ich möchte mit dir in die Zitadelle hinaufgehen und dort im türkischen Bad unser Wiedersehen und die Befreiung Caffas feiern." Ettore freute sich schon auf die Massage, vor allem auf die Ganzkörperabreibung mit dem Ziegenhaarschwamm, und auf einen oder auch zwei Becher des hiesigen Muskatellers, die man dazubekam. Er war sich sicher, daß es Andronikos nicht anders gehen würde, aber dessen Reaktion blieb verhalten, und nach einigen Sekunden unentschlossenen Schweigens schüttelte er den Kopf.

„Ich komme nicht mit", sagte er.

„Warum nicht?" fragte Ettore. „Du bist selbstverständlich eingeladen."

„Ist es wahr, was man sich von der Belagerung durch den Khan erzählt?" fragte Andronikos, anstatt Ettore seine Weigerung rundheraus zu erklären.

„Was erzählt man sich denn?"

„Daß im Heer des Dschani Beg die Pest ausgebrochen ist und daß ihn das zum Abzug bewogen hat ..."

„Das ist richtig", sagte Ettore.

„... und daß er, bevor er abzog, Pestleichen auf seine Wurfmaschinen hat schnallen und über eure Mauern in die Stadt hat werfen lassen."

Ettore runzelte die Stirn. Es hatte sich also herumgesprochen. Aber das war nicht anders zu erwarten gewesen. Eine grausige Geschichte wie die vom Leichenregen von Caffa hatte das Zeug, weit über das

Schwarze Meer hinaus berühmt zu werden. Und doch machte sich keiner von denen, die ihr lustvoll lauschten mochten, ein Bild davon, wie es wirklich gewesen war: Halbverweste Kadaver waren eines Tages vom Himmel gefallen, die Opfer einer Seuche, wie niemand in Caffa oder Genua oder in den anderen Teilen der Welt ihr je vorher begegnet war. Die Ärzte kannten sie nicht und hatten deshalb auch keinen Namen für sie, und so nannte man sie überall einfach nur „die Pest". Die Leichen waren in den Höfen und Gärten gelandet und auf den Dächern der Häuser, und viele waren beim Aufprall einfach zerborsten. Zuerst hatten sich die Menschen in Caffa verkrochen vor Angst, so daß sich bald menschliche Leichenteile in den Straßen türmten. Es hatte eine Weile gedauert, bis die Stadt dagegen vorgegangen war.

„Jeden Tag, Andronikos", antwortete Ettore schließlich. „Jeden Tag! Und jeden Tag haben wir sie zusammengetragen und beseitigt, einen ganzen Monat lang." Er zeigte hinüber zu einem Schiff, das gerade dabei war, zur Anlegestelle im Kriegshafen zurückzukehren. „Das ist der ‚Falke von Caffa', die Kriegsgaleere des Konsuls. Mit ihrer Hilfe haben wir die Toten in den Tiefen des Schwarzen Meeres versenkt. Gerade kehrt sie von ihrer letzten Fuhre zurück. Wochenlang war ein stechender Fäulnisgeruch, dick wie eine Herbstnebelschwade von der Küste, durch unsere Straßen gezogen. Nun kann man die Luft in Caffa wieder atmen. Die Stadt ist wieder sauber."

Andronikos runzelte die Stirn. „Ist bei euch denn niemand erkrankt?" fragte er.

Ettore lachte. „An der Seuche? Nein. Sie hat nicht auf uns übergegriffen."

„Bist du dir sicher?" fragte Andronikos. „Ohne Zweifel hatte der Khan die Absicht, euch auch krank-zumachen. Er wird davon ausgegangen sein, daß Krankheiten sich von einem Menschen auf den anderen übertragen. Viele Ärzte berichten es ja so. – Die Pest hätte also auch bei euch ausbrechen müssen."

Doch Ettore schüttelte den Kopf. Von der Theorie, Krankheiten würden sozusagen von Mensch zu Mensch springen, hatte auch er schon gehört. Um jedoch zu erklären, wie Seuchen entstanden, mußten viele Theorien herhalten. Die Astrologen behaupteten, daß Planeten, wenn sie sich am Himmel unheil-bringend zueinanderstellten, Seuchen auslösen konnten. Doch hätte das gestimmt, wäre Caffa nicht verschont geblieben. Und dann gab es noch die Meinung, daß Krankheiten von Miasmen, giftigen Ausdünstungen aus der Erde, hervorgerufen wurden, aber auch das konnte nicht wahr sein. Das, was in Caffa so gestunken hatte, waren die Leichen selbst gewesen. Es war nicht aus der Erde gekommen. Offensichtlich lag die Ursache für die schreckliche Krankheit also woanders.

Schon seit vielen Jahren kursierten Gerüchte über eine Seuche, die in Indien, Mesopotamien und unter den Mongolen ganze Landstriche entvölkerte. Nun war sie offenbar auch im Tatarenreich der Goldenen Horde angekommen. In dessen Hauptstadt Sarai, so erzählte man, raffte sie seit letztem Jahr die Menschen dahin, und auch in Astrachan hatte sie Fuß gefaßt. Sie behinderte sogar den Handel. Deshalb freute sich Ettore auch besonders darüber, daß es Andronikos gelungen war, die Persianervliese vom Karakulschaf mitzubringen, denn die wurden nur in Astrachan gehandelt und waren wegen der Zustände dort nur noch schwer zu beschaffen. Alles in allem hatte sich die Seuche flächendeckend in den Gebieten der Muslime ausgebreitet. Aus den christlichen Ländern im Westen gab es dagegen keine Schreckensmeldungen. Daraus konnte man nur eines folgern: Die Seuche mußte eine Strafe Gottes für die Tataren sein. Bei allem Schrecken, den der Leichenregen verursachte, hatte Ettore, nachdem ihm das bewußt geworden war, nicht mehr länger gezögert, etwas zu tun. Während alle anderen sich in ihren Häusern verkrochen, war er, gegen den scharfen Gestank einen Stofflappen um Mund und Nase und dicke Handschuhe an den Händen, mit zwei Sklaven aus seinem Haushalt hinausgegangen und hatte begonnen, Köpfe und Arme einzusammeln und halbe Rümpfe aus Brunnen und Zisternen zu ziehen, alles auf einen Karren zu laden und die Fuhre erst einmal auf das Freigelände am Hafen zu bringen. Sie waren zunächst zu dritt geblieben und hatten nicht viel gegen den anwachsenden Leichenberg ausrichten können, aber Ettores Furchtlosigkeit hatte für Aufsehen gesorgt, und als wider Erwarten weder er noch einer seiner Helfer erkrankten, war die Verwaltung der Stadt zu derselben Erkenntnis gekommen wie er: Gott selbst mußte die Pest in das Lager der Tataren gesandt haben – als einen Verbündeten Caffas. Das erklärte alles. Endlich sahen Rat und Konsul sich in der Lage, etwas zu unternehmen, und als die Staatsgaleeren eingesetzt wurden, waren immer mehr Bewohner Caffas bereit, zu helfen oder zumindest ihre Sklaven für die Arbeiten zur Verfügung zu stellen. Caffa war die Leichen losgeworden und die Seuche gleich dazu. Ettore hatte recht behalten, und seitdem nannte Caffa die Krankheit, die anderswo schlicht Pest hieß, viel zutreffender Tatarenpest.

Zu Andronikos sagte er daher: „Schau mich an. Ich bin vollkommen gesund, und ich war den Toten wirklich nah. Ich war ihnen so nahe, daß ich sie mir habe anschauen können. Ich habe schwarzgewordene Finger und Hände gesehen und vor allem diese riesigen, violetten Geschwüre am Hals und in den Gelenkbeugen! Aber das schlimmste: In den Zügen dieser armen Teufel stand ein unnennbarer Schrecken, Andronikos, so als wären sie von der Krankheit zu Tode gemartert worden. Schrecklich! Sie waren unsere Feinde, sicherlich, aber einen solchen Tod, wie er Dschani Begs Soldaten hier vor der Stadt ereilt hat, wünscht man niemandem. Sei's drum. Die Pest, wie du sie nennst, hat uns die Armee der Goldenen Horde vom Halse geschafft. Sie ist eine Krankheit, die Gott offensichtlich für die bereithält, die Christus leugnen."

Andronikos zog die Augenbrauen hoch, nahm die Mütze vom Kopf, kratzte sich ausgiebig und setzte die Mütze wieder auf. „Das also glaubt ihr hier in Caffa? Daß Gott die Krankheit für die Nichtchristen bestimmt hat?" fragte er. „Ich kann euch nur beglückwünschen, wenn es wirklich stimmt, daß hier niemand krank geworden ist, Grimaldi. Denn eines ist gewiß: Die Pest verschont niemanden. Sie ist seit zwei Wochen in Tana und hat in dieser Zeit keinen Unterschied gemacht zwischen Tataren, Juden, Armeniern und Griechen. Ich jedenfalls bin froh, daß ich weg bin aus der Stadt."

Das konnte nicht stimmen. Andronikos mußte sich irren.

„Vielleicht ist in Tana eine andere Krankheit am Werk", gab Ettore zurück.

„Nein. Es ist keine andere Krankheit. Die wenigen, die ihr begegnet sind und ihr trotzdem entkommen konnten, beschreiben sie fast genauso wie du. Es gibt kein Heilmittel gegen das Übel. Es gibt nur Leid und Bitterkeit, und keiner, der die dunklen Beulen an sich findet, überlebt sie. – Ich werde nicht nach Tana zurückkehren. Wenn meine Schiffe entladen sind, gehe ich zurück nach Konstantinopel und hänge meinen Beruf so lange an den Nagel, bis die Pest vorbei ist. Du wirst dir einen anderen Zwischenhändler suchen müssen, wenn du weiter über Tana Handel treiben willst."

„Was?"

Damit hatte Ettore nicht gerechnet, und er war alles andere als erfreut. Andronikos war für ihn ein Glücksgriff gewesen. Die anderen griechischen Händler genossen weder bei den Venezianern noch bei den Genuesen allzuviel Ansehen. Ihnen eilte der Ruf voraus, die eine oder andere Warenladung gern auf eigene Rechnung an Piraten zu verscherbeln oder gleich an die Mamelucken in Ägypten. Andronikos war der einzige, dem Ettore einen großen Geldbetrag im voraus anzuvertrauen wagte. Er wollte ihn als Zwischenhändler behalten.

„Du willst mich im Stich lassen? Der Handel hat durch die Belagerung monatelang gelitten. Wir fangen gerade wieder an. Die Zeit drängt. Wir haben so viel aufzuholen. Und ausgerechnet jetzt willst du dich aus dem Geschäft zurückziehen? Woher soll ich so schnell einen ehrlichen griechischen Händler kriegen, der für mich nach Tana fährt?"

„Offen gesagt, weiß ich das nicht. Du wirst wohl ein wenig suchen müssen ..."

„Das kannst du nicht tun." Ettore ergriff Andronikos' Hand. „Du bist der beste. Ich werde niemals wieder jemanden wie dich finden. Ich mache dir einen Vorschlag. Wir erhöhen deinen Anteil am Gewinn."

Doch Andronikos schüttelte den Kopf.

„Wenn du meinen Rat hören willst, Grimaldi. Mach es wie ich. Gib Caffa auf und kehre zurück nach Genua, bis man wieder gefahrlos reisen kann."

Das hatte Ettore nicht vor. Er verstand auch Andronikos' Ängste nicht. Was er ihm erzählt hatte, mußte ihn doch davon überzeugen, daß sie unbegründet waren. Ettore hätte es lieber anders gehabt, aber was nicht zu ändern war, war nicht zu ändern.

„Schade", sagte er. „Dann wird unser Wiedersehen zugleich unser Abschied. Nun kannst du die Einladung aber nicht mehr abschlagen. Komm schon. Es gibt keine Kranken in Caffa, jedenfalls nicht mehr als anderswo." Er sah den Griechen auffordernd an, und Andronikos gab nach.

Während eine Kolonne Schauerleute begann, die Waren aus dem Laderaum der Handelsgaleere zu holen und sie auf die „Tramontana" und die anderen drei Karacken zu verfrachten, verließen die beiden Männer das Schiff. Den Tag verbrachten sie in einer der besten Thermen Caffas.

Als sie am frühen Nachmittag zurückkehrten, lagen Ettores vier Karacken tief im Wasser. Über der „Tramontana" vollführte auf Höhe des Großmastes ein halbes Dutzend Möwen halsbrecherische Tänze auf der ablandigen Brise und lachte dabei aus vollem Halse. Andronikos und Ettore reichten sich ein letztes Mal die Hand. Im Dampfbad hatte der Genuese noch einmal versucht, seinen griechischen Handelspartner davon zu überzeugen, daß er einen Fehler machte, aber Andronikos war hart geblieben. Also ging Ettore an Bord der „Tramontana" und ließ ablegen. Mächtig fuhr der Wind in die Wanten des großen Seglers, daß sie knarrten, und der Konvoi von vier Karacken, angefüllt mit allem, was das Herz reicher Europäer begehren mochte, fuhr hinaus in die Bucht von Caffa. Sie machten recht schnelle Fahrt, passierten schon am Abend den Zitadellenberg von Soldaia, Stützpunkt der ungeliebten venezianischen Konkurrenz, und fuhren dann aufs offene Meer hinaus. Drei Tage brauchten sie bis Pera in Konstantinopel, wo Ettore nicht nur Frischwasser an Bord holen ließ, sondern zum Schutz vor den Korsaren der Ägäis für jedes Schiff ein Dutzend Armbrustschützen anheuerte, die im Bedarfsfall auf Bug- oder Achterkastell zur Verteidigung aufgestellt werden konnten. Am nächsten Tag waren sie schon wieder auf See.

Gallipoli lag bereits eine viertel Seemeile achteraus, als Ettore am sechsten Seetag in seiner feuchten, engen Kapitänskammer unter dem Bugkastell seinen Schiffsmeister Gentile empfing, um mit ihm den Kurs durch die Dardanellen abzusprechen, und so war es Gentile, der ihn darauf aufmerksam machte, daß mit der Ladung an Bord irgend etwas nicht stimmte.

„Was sollte nicht stimmen?" fragte Ettore.

„Sie stinkt", sagte Gentile, „vor allem im vorderen Laderaum. Die ganze Mannschaft sagt das. Und von den anderen Schiffen ist Ähnliches zu hören."

Ettore runzelte die Stirn. Er wußte nicht, was Gentile meinte. Sie hatten gar keine verderbliche Ladung an Bord, die hätte stinken können. Aber Gentile hätte nie gewagt, den Generalkapitän hochzunehmen, und deshalb mußte Ettore nachschauen, was er damit meinte.

Eiligst ging er hinaus aus seiner Kammer, öffnete die Decksluke und stieg den Niedergang in den vorderen Teil des Laderaums hinunter, der bis unter das Bugkastell reichte. Er mußte husten. Im Sonnenstrahl, der durch die Luke fiel, schwebte der Staub. Der Raum war niedrig und beengt und bis weit ins Vorderschiff hinein vollgepackt mit Kisten und mit von Sackleinen umhüllten, zusammengeschürten Ballen. Die Seide und ein Großteil der Persianer waren hier untergebracht. Und – da hatte Gentile schon recht – es roch komisch hier unten. Der Geruch schwang zwar nur mit – als eine fremde Note innerhalb der Mischung aus den Aromen von Meer, Holz, Teer, Männerschweiß und anderen Bestandteilen, die auf einem Schiff so üblich waren. Aber er war eindeutig da, und er war widerlich. Da roch Kieljauche noch angenehmer! Ettore preßte einen Zipfel seines Chaperons[36] vor Mund und Nase und zog mit der anderen Hand einen der oberen Ballen aus den anderen heraus. Er war schwer, und in dem

---

[36] mittelalterliche Kopfbedeckung für Männer

Moment, als er zu Boden fiel, quiekte es irgendwo in der entstandenen Lücke. Ettore zuckte kurz zurück. Ratten! Das hätte er sich denken können. Egal, wie eng man auch stapelte, diese Biester wühlten sich noch durch die kleinsten Ritzen hindurch. Hier hatte er offenbar ein paar in ihrem kuscheligen Nest aufgestöbert. Leider konnte er nicht verhindern, daß sie den Stapel herunterliefen und dann an seinen Füßen vorbeihuschten. Es waren zwei. So viel konnte er trotz der Dunkelheit hier unten sehen. Eine rannte nach achtern und verschwand dort irgendwo in der hinteren Ladung, die andere krabbelte den Niedergang hinauf an Deck. Er fluchte. Warum nur wurde man die niemals los? Wie schafften diese Biester es nur immer wieder, sich unter die Waren zu schmuggeln? Man konnte noch so sehr aufpassen – in irgendeiner Transportkiste, in irgendeinem Stoffballen saßen sie, und als Kaufmann nahm man sie mit an Bord und schleppte sie von Hafen zu Hafen. Das war auch der Grund, warum er nicht mehr mit Getreide handelte. Ratten waren bei Getreidelieferungen unvermeidlich, und sie fraßen die Ware unterwegs nicht nur, sie verdreckten sie auch noch mit ihrem Kot und Urin.

Doch das war nicht die Ursache des Gestanks. Rattenexkremente kannte er zur Genüge, und die rochen anders. Was sich hier unter Deck unter die üblichen Gerüche mogelte, war dieselbe scharfe Fäulnis, die Ettore aus Caffas Straßen kannte, als wäre der Seuchendunst, als man gegen ihn vorgegangen war, in die Laderäume seiner Schiffe geflohen. Aber das konnte ja nicht sein. Überdies hatte Ettore die Schiffe inspiziert, bevor sie beladen worden waren, und da hatte nichts ungewöhnlich gerochen. Doch woher kam der Gestank dann? Von den Fellen aus Astrachan? Wenn es stimmte, daß die Tatarenpest auch in Astrachan verbreitet war, dann wäre auch dort die Luft verseucht.

Ettore zog das Bündel, das zu seinen Füßen lag, ins Licht, schnitt es mit seinem Messer auf und klappte das Sackleinen zurück. Schwarze Wollvliese kamen zum Vorschein. Er strich über die zarten Locken. Die Felle waren dicht, fein und unglaublich glänzend. Ausgezeichnete Qualität. Sie stanken nicht. Es gab nichts zu bemängeln. Andererseits war der Geruch eindeutig. Nur wo, zum Teufel, kam er her? Sollte Ettore umkehren, in Gallipoli einlaufen und auf allen vier Schiffen die Ladung gründlich durchsuchen lassen? Nein, beschloß er. Wozu? Das würde ihre Reise nur noch mehr verzögern, und wenn dann noch eine Flaute kam ... Besser war es, weiterzufahren. In knapp einer Woche war Messina ihr nächster Zwischenhalt. Dort würden sie sich neu verproviantieren und die Ware von Bord holen können. Dann würden sie dem Gestank sicherlich auf die Spur kommen. Und wenn dann ein paar der Felle nicht zu verkaufen waren, weil sie nach der Tatarenpest stanken, dann hatten sein Kreditgeber in Genua und er eben einen Verlust gemacht. Davon ging die Welt nicht unter. Sie würden ihn später wieder ausgleichen können.

Während er das Bündel wieder zusammenschnürte, es in die Lücke zurückschob und der beiden Ratten nicht mehr gedachte, die er aufgescheucht hatte, saß die eine von ihnen auf einer Rolle Seil unterhalb des Fockmastes an Deck und schnupperte umher. Die hektische Betriebsamkeit hier oben machte ihr angst. Glücklicherweise sah sie eine Tür offenstehen, hinter der sie eine dunkle Feuchtigkeit witterte, die ihr gefiel. Sie beschloß, sich dort umzusehen. Doch vorher gab es noch etwas anderes zu tun, denn seitdem sie vor zwei Tagen einen toten Artgenossen beschnüffelt hatte, piesackte sie ein Floh. Also kratzte sie sich zunächst einmal ausgiebig mit dem Hinterbein am Ohr. Erst danach schlich sie, völlig unbeachtet von der Mannschaft, hinein in die Kapitänskammer.

1692 – Vergesset nicht

J edesmal, wenn Sir Robert Campbell von Glenlyon sich auf die rechte Seite drehte, stieß er mit der Nase an Captain Drummonds Schweißfüße, die neben seinem Kopf unter der Bettdecke hervorragten. Darum blieb er lieber auf der linken Seite liegen, starrte auf den Alkovenvorhang, hinter dem neun Infanteristen des Argyll-Regiments im Stroh schliefen, und lauschte auf die Geräusche der Nacht. Ein Wintersturm maß seine Kräfte mit denen des Hausdaches. Doch die Männer atmeten ruhig. Hin und wieder hörte er seinen Wirt schnarchen, der mit seiner Frau hinter einer Flechtwerkwand im Nebenraum schlief. Alles schien friedlich. Sir Roberts Herz aber raste. Sein Kopf dröhnte.

Es war bereits die zwölfte Nacht, die seine Männer und er im Vorratsraum von Hamishs Hütte ver-

---

[37] „Für Hausierer und Campbells verboten"

brachten. Sie hielten sich seit Anfang Februar im Glen Coe auf: hundertzwanzig Rotröcke, ursprünglich ausgesandt, um in der Gegend die Steuern für die Krone einzutreiben. Mitten auf dem Marsch jedoch hatte man Sir Robert mitgeteilt, daß die Garnison, in der sie Quartier nehmen sollten, überbelegt sei. Er wurde angewiesen, sich bei einem Unterclan der MacDonalds im Glen Coe einzuquartieren. Der Clanchef Alisdair MacDonald lieferte ein logistisches Meisterstück, als er zwei Kompanien aus Infanteristen und Grenadieren so in den Dörfern des Tales verteilte, daß jeder ein Bett und Verpflegung fand. Sir Robert war seinerzeit bei Alisdairs Vetter Hamish untergekommen. Captain Drummond aber, der die Grenadierkompanie befehligte, war erst seit gestern nachmittag da. Obwohl ein schottischer Tiefländer, gab er sich englischer als alle Engländer zusammen. Er trug eine glänzende, rotbraune Perücke, schwang beim Gehen einen Gehstock aus Elfenbein und näselte ein Englisch, wie man es blasierter auch bei Hofe nicht sprach. Und wenn er notgedrungen einmal das Scots der Tiefländer sprechen mußte, dann mit einem Unterton, der keinen Zweifel daran beließ, wie sehr er die Sprache verachtete. Ausgerechnet mit diesem Widerling mußte Sir Robert nun seinen Alkoven teilen. Doch es lag nicht an der ungewohnten nächtlichen Enge, daß er in diesen Stunden kein Auge zutat. Daran war die Order schuld, die Drummond ihm ausgehändigt hatte. Sie kam von Sir Roberts Vorgesetztem Major Duncanson und war an ihn persönlich gerichtet, und nachdem er sie wieder und wieder gelesen hatte, ging ihm ihr Wortlaut nicht mehr aus dem Kopf.

Hiermit geben wir Euch den Befehl, die Rebellen, die MacDonalds von Glencoe, zu überfallen und jeden unter Siebzig durch das Schwert zu richten. Ihr seid angewiesen, besonders darauf zu achten, daß der Alte Fuchs und seine Söhne Euch nicht entkommen.

Sir Robert hatte sofort begriffen, daß man ihn bislang zum Narren gehalten hatte. Er war nicht hergeschickt worden, um Steuern einzutreiben, sondern um gegen Alisdair und seinen Clan vorzugehen. Aber warum?

Er hatte die ganze Nacht darüber nachgedacht und keine Antwort gefunden. Gewiß: Die MacDonalds waren Anhänger des verbannten Stuartkönigs Jakob VII., doch Alisdair hatte, wie es von allen jakobitischen Clanchefs des Hochlandes unter Androhung von Strafen verlangt worden war, Anfang des Jahres den Treueid auf den neuen König William of Orange abgelegt. Zwar ein paar Tage zu spät, doch der Sheriff in Inveraray hatte dem alten MacDonald versichert, daß sein Eid trotz der Verspätung anerkannt werde und er nichts zu befürchten habe. Dem Wort des Sheriffs, das wußte Sir Robert, konnte man trauen: Sie waren Vettern. Hinter der Order steckten also andere. Fein eingefädelt, fand Sir Robert. Niemand eignete sich besser dazu, einen solchen Auftrag auszuführen, als er. Die Campbells und MacDonalds nämlich pflegten schon seit Jahrhunderten eine blutige Clanfehde, geschuldet ihrer kaum miteinander zu vereinbarenden Lebensweise. Die Campbells gehörten zum Hochadel. Sie waren Markgrafen, Lords und Earls und hatten sich mit König William in London sofort arrangiert. Vieh und Ländereien machten ihren Reichtum aus. Ganz Argyll gehörte ihnen. Die MacDonalds dagegen lebten, aufgespalten in viele Unterclans, von denen die Glencoes nur einer waren, zerstreut unter ihren Dächern aus Heidekrautsoden, auf den Inseln und im

Hochland. Ihr Herz schlug für die abgesetzten Stuarts. Mit ihren altertümlichen Breitschwertern fochten sie für die schottische Freiheit. Daß sie vornehmlich die Herden des Clan Campbell auf Nimmerwiedersehen bei Nacht und Nebel in ihre versteckten Hochlandtäler forttrieben, sorgte immer wieder für Auseinandersetzungen. Doch Sir Robert hatte zu all dem seine eigene Meinung. Er hielt die Glencoe-MacDonalds, ein paar Hundert Leute, bestimmt nicht für Engel, aber er betrachtete sie als seine Nachbarn. Die gutnachbarschaftlichen Beziehungen reichten sogar so weit, daß Sarah McGregor, Sir Roberts Nichte, Alisdairs jüngeren Sohn Sandy hatte heiraten können. Dem guten, alten „Onkel Rob von Glenlyon" begegnete niemand im Tal des Coe mit Mißtrauen.

Bei den Campbells selbst wiederum galt Sir Robert nicht nur seiner Ansichten wegen als das schwarze Clanschaf. Er hatte seinen ererbten Landsitz durch Spekulation und falsche Investitionen verloren. Seitdem tat er im Argyll-Regiment für ein paar Schilling pro Tag Dienst als Offizier und kehrte, wenn er mal Urlaub bekam, in ein Zuhause zurück, das seiner Frau gehörte, und dort war er dann die meiste Zeit betrunken. Sir Robert machte sich angesichts seines schlechten Rufes nichts vor, doch er konnte damit leben. Nie hätte er von jemandem Satisfaktion verlangt, der ihn einen Säufer und Spieler schimpfte. Denn genau das war er. Aber daß man in ihm einen willfährigen Mörder sah, das kränkte ihn.

Leider war er, nachdem er den Befehl erhalten hatte, nicht Manns genug gewesen, das klarzustellen. Statt dessen hatte er nach der Pulle in seiner Rocktasche gegriffen, die Kränkung mit einem „wee dram"[38] verdünnt und seine Offiziere versammelt, um ihnen zu erklären, was von ihnen erwartet wurde: Schlag fünf Uhr morgens sollten sie sich mit Gewehr, Säbel und Bajonett auf ihre Gastgeber und deren Familien stürzen, wo immer sie auch untergebracht waren. Insubordination, so sagte er, werde er nicht dulden. Als trotz dieser Warnung ein Lieutenant Mut bewies und den Befehl verweigerte, ließ er ihn festnehmen. Inzwischen aber hatte er nachgedacht. Gastfreundschaft, anderswo nur eine Tugend, war den Schotten ein allgegenwärtiges Sakrament. Sie schwamm in der Schafsmilch, mit der jeder Hochländer groß wurde, und selbst im schwefeli-

---

[38] ein kleiner Schluck Scotch

gen Dunst, der aus den Poren schottischer Moore drang, waberte sie mit. Sie zu mißbrauchen war ein Sakrileg, und er wünschte, er hätte den Offizier nicht so hart angefaßt. Er hätte ihn unterstützen müssen: vor den Augen Drummonds den Befehl zerreißen und ihm die Fetzen vor die Füße werfen – zur Hölle mit den Konsequenzen! Doch das hatte er nicht getan. War es nun zu spät dafür?

Auf der anderen Vorhangseite schlug Sir Roberts Taschenuhr, ein Geschenk seines Schwiegervaters aus besseren Zeiten, das in seiner Uniformrocktasche steckte, wie jeden Tag ihr perlendes Vier-Uhr-Morgens. Eine Stunde noch. Drummond gab im Schlaf ein knurrendes Geräusch von sich, drehte sich auf die andere Seite und schlummerte weiter. Sir Robert ertrug es nicht länger. Er setzte sich auf und stieg aus dem Bett. Im Dunkeln legte er die Beinkleider an, knüpfte sich die Gamaschen und schlüpfte in seinen Uniformrock. Was hielt ihn davon ab, die Pläne zu durchkreuzen? Major Duncanson hatte angekündigt, gegen fünf Uhr mit weiteren Kompanien über die „Teufelstreppe"[39] ins Tal vorzustoßen und jegliche

---

[39] Paß über das Bergmassiv Aonach Eagach

Flucht einzelner Überlebender zu verhindern. Noch also war Zeit. Er konnte jetzt hinüberschleichen ins Nebenzimmer und dann hinaus aus der Tür. Und dann konnte er die halbe Meile über die Militärstraße nach Carnoch laufen und wenigstens den Clanchef warnen. Er dachte daran, auch Hamish und seine Frau zu wecken und ihnen die Flucht zu ermöglichen. Aber es war nicht abzusehen, was dann passierte. Vielleicht würden sie ihn, aufgeschreckt aus dem Schlaf, unabsichtlich verraten.

Außerhalb des wärmenden Alkovens war es bitterkalt in der Hütte. Es gab keinen Kamin, nur das Herdfeuer, auf dem man tagsüber das Essen kochte. Das jedoch wurde beim Zubettgehen ausgemacht. In der Nacht kannten die Hochländer keine andere Wärmequelle für ihre Behausungen als das Vieh, das den Winter mit den Menschen unter einem Dach verbrachte. Und trotzdem stand Sir Robert der Schweiß auf der Stirn. Er war jetzt soweit. Den Säbel hatte er gegürtet, zwei geladene Pistolen steckten im Halfter. Er würde es wagen können. Es waren ja nur wenige Schritte. Vorsichtig tastete er sich an der Wand entlang, strikt darauf bedacht, keinen der schlafenden

Männer zu treten, bückte sich vor dem niedrigen Durchgang und schlüpfte hindurch. Er horchte angestrengt. Alles war ruhig. Weder sein Gastgeber noch die Soldaten noch sein Wirt hatten ihn bemerkt. Der Wind draußen heulte mittlerweile wie eine wütende Banshee[40]. Das Geräusch, das die Tür von sich gab, als er sie öffnete, war kaum zu hören. Ein Strudel aus weißen Flocken erfaßte ihn, als er hinaustrat. Feuchtigkeit drang ein in seinen Uniformkragen. Er zog den Dreispitz tiefer in die Stirn. Da warf ihm eine tückische Bö von unten eine Handvoll Schnee ins Gesicht. Er riß den Unterarm hoch, um seine Augen zu schützen, und drehte sich in den Eingang zurück. Dabei ließ er die Tür los. Der Wind packte sie und schlug sie gegen die Hausmauer. Sir Robert fluchte leise. Er konnte nichts mehr sehen. Schnaufend und spuckend, tastete er nach der Tür. Nach einer Weile ging es wieder. Er blinzelte in die Hütte hinein und sah – O nein! – Hamish. Der saß auf der Bettkante und rieb sich die Augen. Sir Robert wollte schnell zu ihm hinüber und ihm bedeuten, leise zu sein. Doch dafür war es zu spät. Seitlich im

---

[40] ein weiblicher keltischer Geist

Eingang zur Vorratskammer bemerkte er einen Schemen: Dort stand jemand. Das Klicken eines Pistolenhahnes verriet, daß wer immer dort stand bereit war zu schießen.

Hamish aber hatte das nicht gehört. „Glenlyon, seid Ihr es? Müßt Ihr hinaus?" Er drehte den Docht der Tranlampe höher, die neben seinem Bett glomm. Das warme Licht zeichnete die Altmännerfurchen seines Gesichts weicher. „Bei so einem Wetter benutzen wir den Abtritt im Viehstall. Kommt, ich zeige ihn Euch." Er stützte sich auf die Bettkante, um aufzustehen, aber da trat die Gestalt hervor, die im Schatten des Durchgangs gelauert hatte. Drummond stand mitten im Raum, die bis auf die Schultern fließenden Locken seiner Perücke ordentlich drapiert, den obligatorischen Elfenbeinstock unter die linke Achsel geklemmt. Der Teufel mochte wissen, wie er es in der kurzen Zeit fertiggebracht hatte, sich so akkurat herzurichten. Er fuchtelte mit seiner Pistole herum: „Zurück ins Bett, MacDonald. Und Ihr, Glenlyon, wo wolltet Ihr hin? Desertieren?"

Sir Robert hielt die Luft an. Ihm war bewußt, daß er alles vermasselt hatte, doch dann antwortete er: „Ich will hinunter nach Carnoch. Ich denke, es ist das beste, wenn ich mich selbst um den Alten Fuchs kümmere."

„Sehr löblich, aber habt Ihr vorher nicht noch etwas anderes zu erledigen?"

Sir Robert blickte ihn fragend an.

Drummond deutete mit einer Kopfbewegung auf Hamish und seine Frau.

Sir Robert wurde heiß im Magen. Jetzt nur nicht den Kopf verlieren. „Alles zu seiner Zeit. Es ist noch nicht einmal halb fünf. Ein Schuß um diese Uhrzeit würde alle Pläne zunichte machen."

„Wozu führt Ihr ein Rapier?" fragte Drummond.

Die Hitze im Magen griff auf Sir Roberts Eingeweide über. Er konnte nicht einfach hinauslaufen in den Schnee und versuchen, nach Carnoch zu kommen. Drummond würde ihn erschießen. Und das rettete weder Hamish noch seine Frau, denn was Sir Robert nicht tat, würde Drummond dann tun. Wenn er jetzt aber die Nerven behielt und Hamish MacDonald opferte, dann würde Drummond ihn vielleicht nach Carnoch gehen lassen. Zögernd zog Sir Robert den Säbel aus der Scheide. Dabei starrte er Hamish an, und Hamish starrte zurück. Hinter seinem Rücken, nun ebenfalls wach und ganz stilles Entsetzen, als könnte sie das retten, duckte sich seine Frau. Sir Robert war noch immer unentschlossen. Wenn der Hochländer ihn nun um ihrer beider Leben bat, und sei es nur mit Blicken, dann würde er nicht zuhauen können. Was dann? Doch Hamish bat nicht um sein Leben. Er hechtete aus dem Alkoven, hinüber zur Truhe an der linken Wand, auf der sein Breitschwert lag, und Sir Robert reagierte. Er hob den Säbel und zog ihn quer über Hamishs Nacken. Noch im Fallen stieß der wuchtige Hochländer mit dem Kopf gegen die Truhe und brach sich dabei das Genick. Er war sofort tot. Im Alkoven derweil gab seine Frau jede Zurückhaltung auf. Als sie ihren Mann fallen sah, fing sie an zu schreien. Sie schrie und schrie und schrie. Sie würde noch das ganze Dorf aufwecken. Sir Robert mußte etwas tun: Ein Streich mit dem Säbel, und sie wimmerte nur noch. Ein zweiter Streich, und sie war so still wie zuvor.

Zitternd stand er im Raum, in dem er in den vergangenen Tagen mit seinem Wirt Whist gespielt hatte und mit Blutpudding[41] und Ale versorgt worden war.

---

[41] eine schottische Spezialität aus gekochtem Schweineblut und Getreide (meist Hafer o. Gerste)

Gastfreundschaft, schoß es ihm durch den Kopf. Er hatte nicht gewußt, wie leicht sie sich verraten ließ.

Im Durchgang polierte Drummond die Fingernägel seiner Linken am Ärmelaufschlag der Uniform. Inzwischen waren die Soldaten aufgewacht und linsten über seine Schulter.

„Nicht schlecht, Glenlyon. Reaktionsschnell wie eine Katze. Wie alt seid Ihr inzwischen? Sechzig?"

Statt zu antworten, fragte Sir Robert: „Kann ich jetzt nach Carnoch gehen?"

Drummond schien zu überlegen. Dann schüttelte er den Kopf. „Ihr stinkt mir zu sehr nach schottischem Viehdung. Schicken wir lieber unseren Lieutenant Lindsay." Er gab einen Wink mit seinem Elfenbeinstock. „Mit ein paar Mann an seiner Seite sollte er in der Lage sein, den Auftrag genauso gut auszuführen, wie Ihr es könntet."

„Das Oberkommando führe immer noch ich", sagte Sir Robert.

„Aber im Rang stehe ich über Euch. Warum man Euch das Kommando übertragen hat, weiß ich sowieso nicht. Von Euch scheint man mehr zu halten als von mir. Meinetwegen. Trotzdem betrachte ich es als meine Pflicht, Euch unter die Arme zu greifen, wenn Ihr versagt."

Lieutenant Lindsay war inzwischen vorgetreten, vier Mann, die er sich ausgesucht hatte, im Schlepptau, die Musketen geschultert. Er salutierte erst vor Drummond und dann vor Sir Robert und ging schließlich hinaus in den Schneesturm.

Sir Robert warf seinen Säbel auf den Tisch. Er setzte sich auf einen der Stühle und verschränkte die Arme vor der Brust: „Wenn Ihr Euch für den Besseren haltet, dann übernehmt auch die ganze Verantwortung."

„Herrgott, Glenlyon!" rief Drummond. „Ihr seid ein Campbell. Ihr Campbells habt doch diesen Wahlspruch. Wie war der noch? – ‚Vergesset nicht'?"

„Richtig. Und was wollt Ihr mir damit sagen?" fragte Sir Robert.

„Damit will ich Euch sagen, daß die MacDonalds Euch vor ein paar Jahren eine Menge Vieh gestohlen haben und Ihr Euch daran jetzt erinnern solltet."

„Das waren die Glengarry-MacDonalds, nicht die Glencoes." Sir Robert starrte stur geradeaus gegen die Wand.

„Wo ist der Unterschied? MacDonald ist Mac-Donald."

Sir Robert schnaufte. Dieser Drummond machte es sich wirklich einfach!

„Ich habe meinen Teil getan. Mehr könnt Ihr nicht von mir verlangen."

Er wandte den Blick wieder ab, langte nach der Flasche Scotch in seiner Rocktasche, zog den Korken mit den Zähnen heraus und spuckte ihn auf den Tisch. Dann hob er die Flasche und prostete den beiden Toten zu. Trinken wollte er, nur noch trinken, aber auf einmal stand Drummond an seiner Seite. Er zog den Gehstock unter seiner Achsel hervor, holte aus und schlug zu. Die Flasche in Sir Roberts Hand zerbarst in tausend Glassplitter.

„Hört auf zu saufen", sagte Drummond „Euer Mitgefühl ist unangebracht. Zwingt mich nicht, das Kommando zu übernehmen. Wenn ich das tue, wird in meinem Bericht später stehen, daß Ihr es vorgezogen habt, hier sitzen zu bleiben und es Euch mit dem König zu verscherzen – wegen ein paar dreckiger Viehdiebe. Das wollt Ihr doch nicht. Also kommt mit hinaus und tut wenigstens so, als wüßtet Ihr, was Eure Pflicht ist. Mehr verlangt niemand."

Mit einer solchen Drohung hatte Sir Robert gerechnet. Leider war sie nicht aus der Luft gegriffen. Im Geiste ging er noch einmal die letzten Sätze des Schreibens durch.

Dies ergeht auf besonderen Befehl des Königs und zum Wohle des Landes und soll sicherstellen, daß diese Schurken mit Stumpf und Stiel ausgerottet werden. Führt dies ohne Vorbehalt aus, ansonsten erwartet, behandelt zu werden wie jemand, der nicht treu zu König und Regierung steht und nicht würdig ist, ein königliches Kommando zu führen. In der Erwartung, daß Ihr in Eurem eigenen Interesse nicht versagen werdet, unterschreibe ich dies mit eigener Hand in Ballachulish, 12.02.1692 – Robert Duncanson.

Allein Sir Robert hielt das für einen Bluff.

„Was sollte es wohl König William kümmern, ob die Schotten sich gegenseitig ihr Vieh stehlen?" gab er zurück.

„Ihr verkennt die Lage, Glenlyon." Drummond richtete sich auf und blickte auf Sir Robert hinab. „Es geht um mehr als um Viehdiebstahl. Es muß endlich ein Ende haben mit dieser primitiven Hochlandlebensweise. Die Zeiten, in denen Clanchefs sich nicht an Gesetz und Ordnung halten mußten, sondern selbst wie Monarchen herrschten und sich den Königen widersetzten, sind vorbei."

„Dann laßt Euch aufklären: Die MacDonalds haben das Glen Coe vor fast vierhundert Jahren von König Robert[42] geschenkt bekommen – für ihre Treue."

„Den Bruces mögen sie sich ähnlich verpflichtet gefühlt haben wie den Stuarts. Aber König William achten sie nicht."

„Sie haben den Eid geleistet. Es ist widrigen Umständen zuzuschreiben, daß es ein paar Tage zu spät geschah."

„Und glaubt Ihr ernsthaft, daß sie sich daran gebunden fühlen? Wenn ihr abgesetzter Stuartkönig in Frankreich auch nur hüstelt, kommen die MacDonalds als erste aus ihren rauchenden Misthaufen gelaufen und rufen: ,Schottland auf ewig'", behauptete Drummond. „Das muß aufhören."

„Das würde es, wenn England von diesem unseligen Ehrgeiz ließe, Schottland zu unterjochen." Sir Ro-

---

[42] Robert I., (1306–1329 König von Schottland), genannt: the Bruce, kämpfte für die schottische Unabhängigkeit

bert hatte nie verstanden, warum die Engländer seit Jahrhunderten versuchten, sich den Norden der britischen Inseln einzuverleiben. Sie hatten es eigentlich nicht nötig. England war reich. Es hatte Kolonien, eine Flotte und trieb Handel mit der ganzen Welt. Was besaßen dagegen die Schotten? Gerstenäcker, die schlecht trugen, Schafe, kleiner als anderswo Hunde, und winzige Hütten, aufgeschichtet aus Naturstein und Schiefer, in denen sie am Abend dichtgedrängt zusammensaßen, unter sich einen festgestampften Lehmboden, über sich ein paar armselige Schinken und Würste, die im Dachstuhl baumelten, und neben sich das Vieh, das so gut wie mit am Küchentisch saß. Verdammt, auf dem Torf der Hochlandmoore wuchs nicht einmal die Distel[43] gern.

„England will Schottland nichts Böses, Glenlyon. König William verfolgt keinerlei Pläne, die nicht auch James VI. schon verfolgt hat. Er will die Vereinigung beider Länder ganz unblutig regeln: per Vertrag. Aber Jakobiten wie die MacDonalds von Glencoe stehen dem entgegen. – Kennt Ihr eigentlich auch deren Wahlspruch?"

---

[43] Schottlands Nationalblume

„Natürlich: ‚Weder Zeit noch Schicksal'."

„Klingt hochmütig, findet Ihr nicht? London sieht das übrigens genauso. König William glaubt fest daran, daß eine Maßnahme gegen den Hochmut der Glencoe-MacDonalds bei anderen Clanchefs die Bereitschaft fördern wird, sich England freiwillig anzuschließen."

Sir Robert sah, wie der Widerling lächelte. Die Katze war aus dem Sack. Was Sir Robert für einen Bluff gehalten hatte, war keiner. Sie wußten beide, daß er nun in der Falle saß.

„Und Ihr wagt es, Euch als Schotten zu bezeichnen?" sagte er, aber der Einwand war nur noch leise.

„Ja, das tu ich mit Fug und Recht", antwortete Drummond. „Es gibt nämlich auch Schotten, die weder die Stuarts wiederhaben wollen noch wie jene Eingeborenen leben möchten, die Euch so sehr am Herzen liegen, Glenlyon. Die Jakobiten halten Schottland um ihrer persönlichen Königstreue willen in Geiselhaft und damit in Armut. Schon mal darüber nachgedacht?" Er beorderte die vier übriggebliebenen Soldaten zu sich und streifte seine schneeweißen Handschuhe über.

„Kommt Ihr nun? Es ist gleich fünf", sagte er, und als Sir Robert sich nicht regte, ging er hinaus.

Doch obwohl er unzweifelhaft ein Schuft war, der seinen persönlichen Vorteil ebensosehr im Auge hatte wie das Wohlergehen Schottlands, wogen seine Worte schwer. England führte Krieg aus simplem Machthunger. Verglichen damit, nahmen sich die Gründe, aus denen die Jakobiten den Krieg führten, geradezu ehrenwert aus. Alisdair MacDonald und seinen Gesinnungsgenossen ging es schließlich um nichts weniger als um die schottische Freiheit. Wie ehrenwert die Absichten der Jakobiten allerdings auch sein mochten, am immerwährenden Kriegszustand waren sie genauso schuld wie die Engländer. Wieviel weiteres Blutvergießen ließ sich selbst mit einem so ehrenhaften Anspruch wie dem jakobitischen noch rechtfertigen? Sir Robert schwirrte der Kopf. Er wußte nicht mehr, was richtig und was falsch war. Aber wenigstens das eine schien sicher: König William selbst stand hinter dem Befehl. Wer also war er, Captain Robert Campbell of Glenlyon, ihn zu verweigern? Sich gegen Drummond wenden, auch gegen Duncanson – jederzeit. Aber gegen König William?

Mehr als alles andere auf der Welt wünschte er sich jetzt einen Scotch. Dumm nur, daß der Widerling seine Flasche zerbrochen hatte. Er nahm Hamishs Lampe an sich. Ein wenig Whisky hatte sich in einer Unebenheit der Tischplatte gesammelt – lächerlich wenig. Trotzdem tauchte er den Finger hinein und leckte ihn ab. Das vertraute Aroma von Torf und reifen Birnen prickelte an seinem Gaumen. Doch das reichte nicht. Woher nur einen Schluck Whisky bekommen, einen einzigen nur, der ihm half, seine verteufelte Pflicht zu tun? Er nestelte am engen Kragen seiner Uniformjacke. Dann fiel sein Blick auf den Alkoven, in dem die tote Mrs. MacDonald lag. Er stellte die Lampe beiseite und beugte sich über sie. Er atmete tief ein, faßte die Frau unter den Achseln, zog sie aus dem Bett und legte sie, so sanft er es vermochte, neben ihren Mann auf den Boden. Mit der Lampe leuchtete er in den Alkoven hinein. Die Seegrasmatratze war so von Blut durchtränkt, daß sie schmatzte, als er sie abtastete. Dann drückte er auf etwas Hartes. Na also! Er warf das ganze Bettzeug hinaus, und da waren sie: drei Flaschen von Hamishs eigenem Destillat. Schon der Anblick verschaffte ihm Erleichterung. Dann hörte er von draußen die ersten Schüsse. Es war fünf Uhr. Sie hatten angefangen. Gastfreundschaft – inzwischen pulsierte dies Wort in seinem Kopf wie ein zweiter Herzschlag. Mit zitternden Fingern nahm er eine der Flaschen, entkorkte sie, setzte sie an die Lippen und trank. Langsam ließ das Pulsieren nach. Ruhe breitete sich in ihm aus. Er wischte sich den Mund mit dem Ärmel und warf einen letzten Blick auf Hamish und seine Frau. Dann ging er nach draußen.

Der Schnee fiel so dicht, daß sich selbst die Dunkelheit dahinter hätte verstecken können. Sir Robert sah seine Männer trotz ihrer roten Uniformen kaum, aber das brauchte er auch nicht. Das Dorf war klein. Man konnte sich nicht verlieren. Gegen Sturm und Finsternis anbrüllend, gab er die nötigen Befehle. Er spürte weder die Kälte, noch hörte er die Schreie. König William wollte es so!

Das Dorf war schnell gestürmt. Das Vieh wurde aus den Ställen in die Dunkelheit gejagt. Sir Robert selbst erschoß den alten Angus, mit dessen Sohn er vor ein paar Tagen an den Hängen der Three Sisters Rotwild gejagt hatte. Einen halbwüchsigen Jungen, der um sein Leben bettelte, hätte er gern laufen lassen, aber als plötzlich Drummond erschien und das Kind zu seinen Füßen mit dem Bajonett erstach, da nahm er es schweigend hin. In den Hütten wurde Feuer gelegt, und trotz des dichten Schneefalls brannten sie völlig aus. Alle Männer, die im Dorf gelebt hatten, waren tot. Ein Lieutenant machte Meldung, daß es den Frauen mit ihren Kindern gelungen sei, zu entkommen, doch die Meldung war ohne Bedeutung. Die meisten von ihnen waren dort, wohin sie flohen, verloren. Der brausende Westwind würde ihr Weinen verschlucken und es mit sich aus dem Tal hinaustragen bis weit aufs Rannoch Moor.

Als Sir Roberts Männer sich schließlich sammelten, war es still im Dorf. Der Schnee fiel inzwischen nicht mehr so dicht. Rauchschwaden stiegen in den Himmel. Sir Robert setzte sich auf das Gatter, das zu Hamish MacDonalds Viehweide gehörte, und sah den Flammen zu, die aus dem Haus schlugen. Seine Kräfte waren erschöpft. Drummond dagegen sprühte vor Energie. Er stand ein paar Fuß entfernt in einem Pulk seiner Grenadiere, begutachtete ihre Beutestücke und klopfte den Männern auf die Schulter. Und das, obwohl das Ergebnis ihres Überfalls nicht so makellos war, wie er tat. Zwei Soldaten wurden vermißt. Vermutlich waren die beiden desertiert.

Und auch Duncanson und die versprochene Verstärkung waren nicht gekommen. Die Pässe von und nach Ballachulish dürften in diesen Stunden zwar nur schwer passierbar gewesen sein, aber war es wirklich der Schnee, der sie aufgehalten hatte? Eine müßige Frage. Es hatte ohnehin keiner Verstärkung bedurft, jedenfalls nicht hier.

Was anderswo im Glen Coe geschehen war, zumal in Carnoch, wo Alisdair MacDonald und Sarah wohnten, wußte Sir Robert genausowenig. Ihm war hingegen klar, daß er sich nur ein wenig in Geduld würde üben müssen, um es zu erfahren.

Und damit behielt er recht. Er erfuhr es, als der traurige neue Tag und der zurückkehrende Lieutenant Lindsay gleichzeitig im Dorf eintrafen.

Drummond eilte sogleich auf den Lieutenant zu: „Nun sagt, wie viele haben wir in Carnoch erwischt?"

„Nicht so viele wie beabsichtigt, Sir. Ein paar Männer, ein paar Weiber. Der Clanchef selbst ist tot, genauso seine Frau. Die meisten aber sind entkommen."

Drummond knirschte mit den Zähnen: „Das ist nicht gut. Nun, der Winter wird ein übriges tun und noch ein paar von ihnen töten. Hauptsache der Alte Fuchs und seine Sippschaft sind erledigt."

Lindsay gab sich kleinlaut. „Leider verhält es sich nicht ganz so, Sir. Der Alte ist zwar hinüber, aber seine beiden Söhne müssen gewarnt worden sein. Sie sind auf und davon, zusammen mit ihren Familien. Die Soldaten, die sich um sie kümmern sollten, beteuern, daß schon niemand mehr in den Betten war, als sie losschlagen wollten."

„Wie konnte das passieren, Mann?" brüllte Drummond Lindsay an. „Ausgerechnet MacDonalds Brut!" Er stieß ihn vor die Brust, so daß der Lieutenant fast das Gleichgewicht verlor. „Ab!" befahl er und traktierte ihn mit dem Griff seines Handstockes. „Durchsucht mir das gesamte Tal. Ich will die beiden Söhne."

Ohne einzugreifen, schaute Sir Robert zu, wie Drummond Lindsay verprügelte: Nutzlos die Schläge. Sie würden ihm Alisdairs Söhne auch nicht herbeischaffen. Schließlich kannten sie die Gegend. Und der Schneesturm hatte bestimmt ihre Fußspuren verwischt.

Sie würden unauffindbar bleiben, und mit ihnen auch Sarah. Sie waren jung und stark, alle drei.

Als Drummond endlich von Lindsay abließ und der in den Schnee davonstolperte, sagte Sir Robert: „Und nun, Drummond? Wenn auch nur einer der Mac-Donalds überlebt, was glaubt Ihr, geschieht dann mit ihrem Wahlspruch? Wird er dann verschwinden? Ich glaub's nicht. Im Gegenteil: Er wird in Schottland berühmter werden denn je." Dann hob er die Hand und blickte in den fahlen Winterhimmel, eine Pose, die er einst einem Schauspieler im Londoner Globe Theatre abgeschaut hatte.

„Weder Zeit noch Schicksal", deklamierte er und grinste dann. „Nach dieser Sache könnte der Wahlspruch der MacDonalds eine ganz neue Bedeutung gewinnen. Und nun sagt mir mal, wie es sich anfühlt, wenn man niederträchtig gemordet und trotzdem sein Ziel verfehlt hat." Er nahm einen Schluck aus Hamishs Flasche und linste zu Drummond hinüber. Wie der aussah! Fast so, als hätte er selbst Prügel bezogen. Seine Nasenflügel bebten. Sein Dreispitz war verrutscht. Die Haare seiner Perücke hingen ihm wirr auf die

Schultern. Doch dann straffte er sich, warf die Locken nach hinten und setzte die Kopfbedeckung gerade.

„Wieso fragt Ihr das, Glenlyon? Den Oberbefehl hattet doch Ihr. Ihr müßtet es also am besten wissen. Und vielleicht solltet Ihr Euch weniger Gedanken um den Wahlspruch der MacDonalds machen als über den der Campbells. ‚Vergesset nicht'. – Auch dieser Wahl-spruch könnte eine ganz neue Bedeutung gewinnen, fürchte ich. Ihr etwa nicht?"

Sir Robert hörte auf zu grinsen. Abrupt setzte er die Flasche ab. Drummond, dieser Widerling! Am liebsten hätte er ihm mit der Faust ins Gesicht geschlagen. Aber dazu reichte es nicht mehr. Ihm wurde schwinde-lig. Seine Beine gaben nach. Er konnte sich eben noch mit einer Hand abstützen, dann fühlte er, wie nasser Schnee durch seinen Hosenboden drang. Benommen schüttelte er den Kopf, und als er aufblickte, führte Drummond lässig die Rechte an die Hutkrempe und lä-chelte breit.

1702 – Fallende Kirschblüten

Japan während der Edo-Zeit[44]. Seit ein paar Tagen berauschte sich die alte Reichshauptstadt Kyoto am Duft von Millionen von Kirschblüten. Als die Dame Yumiko das Haus verließ, in dem sie wohnte und arbeitete, wurde es bereits dunkel. Doch die Tageszeit tat nichts zur Sache. Das Rotlichtviertel Shimabara tat so, als ob auch nachts die Sonne schien. An jedem Norimon[45], der durch die belebten Straßen getragen wurde, baumelten Lampen. Schimmernde Lampions, die neben den Türen hingen, wiesen den Kunden ihren Weg in Garküchen und Tavernen. Am rechten Arm trug Yumiko verschiedene selbstgemachte Leckereien in einem großen Bambuskorb, über den sie eine Decke gelegt hatte. Sie wollte sich mit ein paar Freundinnen außerhalb von Shimabara treffen, um, wie es Tradition war in Japan, das prachtvolle Rosaweiß der Sakura zu feiern, das Kirschblütenfest. Sie konnte es sich leisten, heute abend keinen

---

[44] Edo: früherer Name von Tokio; Residenz der Shogune der Tokugawa-Dynastie
[45] große japanische Sänfte

Dienst zu tun. Vor einer Woche war sie von einem Kunden aus Edo gebucht worden, der ihr so viel Geld gegeben hatte, daß sie sich mehrere Tage hätte freinehmen können. Dennoch: Sein Anliegen war schon seltsam gewesen.

„Hört Euch um", hatte er sie beauftragt, als er ihr im Teehaus gegenübersaß. „Haltet Ausschau nach einem Ronin[46], der sich hier herumtreiben soll. Sein Name ist Oishi Yoshio. Er ist der Anführer einer größeren Gruppe seinesgleichen und hat meinen Herren Kira bedroht, den Zeremonienmeister des Shogun Tokugawa. Kira will wissen, was Oishi und seine Männer planen. Wenn Ihr etwas herausfindet, bekommt Ihr noch einmal Geld."

Yumiko, eine der berühmtesten Kurtisanen von ganz Kyoto, ausgebildete Tänzerin, Expertin für die Teezeremonie und eine hervorragende Lautenspielerin, hatte es zwar ungewöhnlich gefunden, für Spitzel- statt für Unterhaltungs- und Liebesdienste engagiert zu werden, doch sie lehnte den Auftrag nicht ab. Nachdem der Fremde gegangen war, hatte sie eine Woche lang Augen und Ohren aufgesperrt, mit Kolleginnen

---

[46] ein Samurai, der keinen Fürsten mehr hat

und Schankwirten gesprochen und nichts herausgefunden, was für Shogun Tokugawas Zeremonienmeister und dessen Diener erhellend hätte sein können. In ihrem Umfeld war kein Ronin mit dem Namen Oishi aufgetaucht. Doch das war ihr gleichgültig. Sie hatte ihr Bestes getan. Der Fremde aus Edo würde sich einen anderen Spitzel suchen müssen, wenn er mit ihrer Arbeit nicht zufrieden war. Schade nur, daß ihr die zweite Hälfte der Belohnung entgehen würde, wenn sie keine Ergebnisse lieferte. Aber daran konnte man nichts ändern. Für sie war der Auftrag erledigt, und heute nacht hatte sie etwas anderes vor.

Yumiko hätte auch eine der Sänften nehmen können, die den Frauen des Bordells zur Verfügung standen, wenn sie sich außer Haus begaben. Das war nicht nur bequemer, sondern auch sehr viel sicherer, denn zu dieser Tageszeit war in den Freudenhäusern und Trinkstuben Kyotos Hochbetrieb. Die Gassen wimmelten nur so von betrunkenen Samurai, die es nicht selten auf Krawall abgesehen hatten, und anderem Gelichter, dem man besser nicht vertraute. Aber sie verzichtete auf diesen Luxus, denn sie hatte es nicht weit. Obwohl sie auf ihren hohen Holzsandalen nur kleine Schritte machen konnte, käme sie zu Fuß viel schneller voran. Und sie mußte sich beeilen, denn wenn es dunkel war, wurde Shimabara abgesperrt und man konnte bis zum nächsten Morgen nicht mehr hinaus.

Sie mied die Mitte der Straße und drückte sich vorbei an den weitgeöffneten Türen der mehr oder weniger gehobenen Vergnügungsetablissements, aus denen Lichtschein, Lautenmusik und der Lärm vergnügter Zecher nach draußen drangen. Obwohl sie nur einen einfachen Baumwollkimono anhatte und ihr berufliches Make-up nicht trug, rief hin und wieder jemand ihren Namen oder verbeugte sich im Vorbeigehen vor ihr. Es gab eben immer wieder alte Kunden, denen man in den Straßen begegnete. Überdies war es schlicht unmöglich, ihren Nachbarn, allesamt Bordellbetreiber und Gastwirte, auszuweichen. Deshalb reagierte sie auf Rufe überhaupt nicht, erwiderte Verbeugungen nur flüchtig und eilte dann weiter. Sie kannte so viele Leute in diesem Teil der Stadt, daß sie kaum vorangekommen wäre, wenn sie sich bei jeder Begegnung auf den Austausch von Höflichkeiten eingelassen hätte. Nur so konnte man im Vergnügungsviertel von Kyoto zu dieser Stunde hoffen, sein Ziel zu erreichen.

Sie war erst wenige hundert Schritte von der Tür ihres Hauses entfernt, da stellte sich ihre Entscheidung, den hauseigenen Norimon zu meiden, als goldrichtig heraus. Auf der Straße hatte sich ein Stau gebildet. Sänftenträger stellten ihre Last ab. Betuchte Händler und Handwerker kletterten heraus und gestikulierten lebhaft. Damen steckten den Kopf aus dem Fenster, um zu sehen, was los war. Fragende Gesichter überall. Keiner konnte sich erklären, warum es nicht weiterging. Irgend etwas blockierte die Straße. Yumiko erkannte die Ursache allerdings sofort. Ein gutes Dutzend Menschen hatte sich zusammengerottet und versperrte den Weg. Sie mußte jetzt die Straße überqueren und beschloß, den Pulk einfach zu umgehen. Doch als sie ihn passierte, blieb sie stehen – das erstemal an diesem Abend – und schaute hinüber. Die Leute, die den Stau verursachten, amüsierten sich augenscheinlich über irgend etwas, was auf dem Weg lag, und aus der Mitte des Gewühls kamen stöhnende Laute.

„Hör auf, hör auf“, bat jemand mit halberstickter Stimme.

„Schaut euch den an", höhnte ein Mann. „So tief kann man fallen, wenn man kein Geld hat." Er zeigte mit dem Finger auf etwas, was sie nicht sehen konnte. Andere Männer pflichteten ihm bei. Einer hielt sich vor Lachen den kugelrunden Bauch, den er in einem Kimono aus auffallend kostbarem Seidenbrokat zur Schau stellte. Damen kicherten hinter ihrem Fächer. Yumiko sah zwar nicht viel, aber sie konnte sich schon denken, was der Grund für den Menschenauflauf war. Da lag bestimmt ein Betrunkener auf der Straße: ein Bettler, vielleicht auch ein Bauer, der in der Stadt unter die Räder gekommen war. Und die Nachtschwärmer machten sich über ihn lustig.

Yumiko schämte sich für diese Leute. Und obwohl es sie nichts anging, vergaß sie, daß sie es eilig hatte. Sie wollte genauer wissen, was los war. Sie drängelte sich zwischen die Zuschauer und stellte ihren Bambuskorb ab. Tatsächlich. Ein Mann lag am Boden und schirmte mit gekreuzten Unterarmen seinen Kopf. Ein anderer traktierte ihn mit Tritten, und es schien ihm völlig gleichgültig zu sein, wohin er ihn traf.

„Du solltest dich schämen, heruntergekommen wie du bist!" hörte sie den Peiniger des Mannes am Boden rufen. Der Gequälte versuchte nicht einmal sich zu wehren, sondern wand sich nur, um den Tritten auszuweichen. Erst jetzt sah Yumiko die beiden Schwerter, die er im Gürtel trug.

„Schluß damit", rief sie. „Seht ihr nicht, daß er ein Samurai ist? Wollt ihr, daß ein Samurai auf unseren Straßen getötet wird? Das wird den Gouverneur auf den Plan rufen."

Das Lachen und Feixen verstummte. Nun glotzten die Zuschauer sie an.

„Ein Samurai?" sagte der dicke Herr mit dem ansehnlichen Bauch. „Daß ich nicht lache! Ein Ronin ist er. Bestimmt einer, der von seinem Herrn verstoßen wurde. Wer weiß, was er auf dem Kerbholz hat? Wahrscheinlich ist er aus dem Dienst entlassen worden, weil er sich so vollaufen läßt, daß er in seine eigene Kotze fällt."

„Ja, recht hat er", fügte ein anderer hinzu. „Wenn ein Samurai wegen ein paar Tritten vor Schmerzen jammert und um sein Leben fleht, dann ist Japan wohl am Ende." Beipflichtendes Gemurmel.

Eine Dame trat vor, ein Bund tiefrosa Kirschblüten im Haar. Sie löste die Nadel, die die Blüten hielt, und warf dem Mißhandelten den Zweig zu. Damit forderte sie ihn auf, in Würde und Schönheit zu sterben, wie es sich für einen Samurai gehörte, und erntete dafür einen tüchtigen Applaus.

Yumiko war hilflos. Mit ihrem Einwand stand sie ganz allein. Es würde sich niemand herablassen, dem armen Mann zu helfen. Doch den Spaß schien sie den Leuten verdorben zu haben. Die Menschen waren ruhiger geworden.

„Wie dem auch sei", sagte schließlich der dicke Herr im Seidenbrokat. „Ich will hier nicht den ganzen Abend verbringen. Ich werde jetzt gehen." Er faßte seine aufgetakelte weibliche Begleitung unter und entfernte sich. Andere nickten zustimmend und taten es ihm gleich. Hier gab es nichts mehr zu sehen. Nach und nach lösten sich die Zuschauerreihen auf. Und das schien den Mann, der den Betrunkenen mißhandelt hatte, zu verunsichern. Zumindest hörte er auf, ihn zu treten. Unschlüssig sah er sich um. Ohne den Ansporn der Menge nun offensichtlich nicht mehr der Held, der sich mit einem Samurai, wenn auch einem ehrlosen, anzulegen wagte, bereitete ihm das alles augenscheinlich kein Vergnügen mehr. Yumiko sah, daß er sich noch einmal seinem Opfer zuwandte.

„Du hast es nicht besser verdient", rief er ihm zu. Dann spuckte er den Verletzten an und machte sich davon. Erstaunlich, wie eilig er es auf einmal hatte!

Der Stau derweil löste sich auf; der Verkehr rollte wieder. Nur Yumiko war noch geblieben. Leute, die vorbeigingen, sahen den Ronin im Schmutz liegen, schüttelten den Kopf und wandten sich ab. Niemand kam auf die Idee, sich seiner anzunehmen. Aber er mußte hier weg. Man würde ihn niedertrampeln, wenn er auf der Straße liegenblieb. Also nahm Yumiko ihren Korb wieder auf, ging zu ihm hinüber und kniete sich neben ihn.

Es war verboten, einen Samurai zu berühren, aber wie sollte sie ihm sonst helfen? Glücklicherweise bewegte er sich. Er machte sogar Anstalten aufzustehen. Sie war nur eine zierliche Person, aber sie legte sich seinen linken Arm um die Schulter und schaffte es, ihn hochzustemmen. Als er endlich stand, eine Tonnenlast, wie sie meinte, auf ihrer zarten Gestalt, sah sie ihm zum erstenmal ins Gesicht. Er hatte eine Platzwunde über der Augenbraue. Über den linken Mundwinkel bis ans Auge herauf zog sich der Abdruck einer Sandalensohle.

„Ich danke Euch, meine Dame", brachte er mit geschwollenen Lippen hervor und versuchte, sich vor ihr zu verbeugen. Dabei sah sie, daß er das einst am vorderen Kopf nach Samuraiart geschorene Haar seit einigen Monaten hatte wachsen lassen. Er trug auch den kunstvoll gefalteten, eingeölten Zopf seines Standes nicht mehr. Er mußte tatsächlich ein Ronin sein.

„Yumiko", sagte sie und verbeugte sich ebenfalls.

„Oishi Yoshio", stellte er sich vor.

Yumiko hielt den Atem an. Das war er! Das war der Mann, den der Diener von Kira suchte. Und wenn sie es schlau anstellte, dann würde sie doch noch in den Genuß der versprochenen zweiten Hälfte der Belohnung kommen. Jetzt nur kein verdächtiges Zögern! Gekonnt versteckte sie ihre Überraschung hinter einem zartfühlenden Lächeln.

„Wie wäre es, Herr Oishi? Fühlt Ihr Euch kräftig genug, mit mir die Sakura zu feiern? Ich habe zu essen und zu trinken dabei. Es wird Euch stärken. Meine Freundinnen werden es mir schon nicht übelnehmen, wenn ich sie versetze."

Oishi verbeugte sich erneut, so gut er konnte.

„Es wäre mir eine Ehre", antwortete er.

Da Oishi nur langsam vorankam, und das auch nur mit Yumikos Unterstützung, dauerte es ein wenig, bis die beiden Shimabara hinter sich lassen konnten. Außerhalb des Vergnügungsviertels war Kyoto um diese Tageszeit bedeutend ruhiger, wenn auch nicht so ruhig wie zu anderen Jahreszeiten. Denn die Sakura lockte Familien, Liebespaare und Freunde nach draußen. Auf Decken und Planen saßen die Einwohner von Kyoto seit ein paar Tagen unter den Kirschbäumen, um dort zu essen und Sake zu trinken. Wer ein Musikinstrument beherrschte, sorgte gelegentlich auch für Gesang und Tanz. Bei all dem mußte man sich allerdings beeilen. Die Sakura dauerte nur etwa zehn Tage; dann endete sie ebenso plötzlich, wie sie begonnen hatte. Tagsüber war es schwer genug, einen freien Platz unter einem der Bäume zu ergattern, aber jetzt, spätabends, konnte man Glück haben. Yumiko wußte, wohin sie mit Oishi wollte. Sie führte ihn zum Fluß Kamo, wo sich an einer Promenade Hunderte von Bäumen in ihrer rosa-weißen Kostbarkeit gegenseitig zu übertrumpfen versuchten. Dort war es still und menschenleer.

Während Oishi zum Fluß hinunterging, um sich das Gesicht zu waschen, wählte Yumiko einen der Bäume aus. Unter ihm, wo die Wiese schon über und über mit Blüten bedeckt war, breitete sie ihre Decke aus und öffnete dann die Bentoboxen, die sie in ihrem Korb gestapelt hatte. Sie verteilte Eß- und Trinkschälchen auf der Decke. Als Oishi wieder da war, lud sie ihn ein, sich zu ihr zu setzen.

„Von wo kommt Ihr?" fragte sie und hoffte, er würde eine so direkte Frage nicht als unhöflich empfinden. Sie bot ihm mit Fisch gefüllte Reisbällchen an, die er dankbar annahm.

„Aus Harima[47]", antwortete er. „Mein Herr hatte dort ein Lehen."

„Und was ist vorhin passiert?" wollte sie weiter wissen. „Warum habt Ihr Euch nicht gewehrt?"

Oishi zuckte die Achseln. Er wollte darüber offenbar nicht reden. Doch Yumiko ließ nicht locker. Die Etikette hätte verlangt, daß sie sich mit seinem Schweigen zufriedengab, aber sie fand die japanische Etikette, wenn es darum ging, daß zwei Menschen sich

---

[47] historische Provinz Japans auf Honshu

miteinander verständigten, zuweilen so lästig, daß sie sie bei bestimmten Fällen einfach außer acht ließ.

„Herr Oishi, Ihr seid ein Samurai. Der Mann war von niedrigem Stand. Er hätte seine Frechheit mit dem Leben bezahlen müssen."

Durch ihre Worte sah Oishi sich offenbar genötigt, sie zu korrigieren: „Meine liebe Dame Yumiko, die Leute vorhin haben meine Lage schon ganz richtig eingeschätzt. Ich bin kein Samurai mehr. Und bevor ihr weiterfragt: Mein Fürst ist tot. Der Shogun hat ihn zum Seppuku verurteilt, weil er einen bedeutenden Beamten des Hofes in Edo angegriffen und verletzt hat. Aber der Beamte hat ihn vorher so sehr gedemütigt und gequält, daß meinem Fürsten gar nichts anderes übrigblieb."

Yumiko senkte den Blick. Sie war offensichtlich zu weit gegangen. Doch immerhin hatte Oishi ihr nun bestätigt, was sie wissen wollte. Der Beamte, das konnte nur Kira sein.

„Entschuldigt meine Neugier, Herr Oishi", sagte sie und schenkte ihm vom Reisgetränk Amazake ein.

„Schon gut, meine Dame", antwortete Oishi. „Ich habe dafür Verständnis. Ich habe Eure Einladung angenommen. Darum habt Ihr ein Recht darauf, zu erfahren, wen Ihr da eingeladen habt."

Yumiko neigte dankend den Kopf. Ihr kam das Bild der Frau vor Augen, die Oishi den Kirschblütenzweig zugeworfen hatte. Flüchtig fiel ihr Blick auf die Wakizashi-Klinge, das kürzere der beiden Schwerter, die Oishi im Obi trug. Es war die Klinge, die die Samurai beim rituellen Selbstmord benutzten.

„Ich kenne mich nicht gut aus mit dem Bushido[48]", sagte sie, als Oishi getrunken hatte. „Ist es wahr, daß er vom Ronin verlangt, seinem Herrn in den Tod zu folgen?"

„Das tut er. Aber er verlangt vom Ronin auch, seinen Herrn zu rächen, um die eigene Ehre wiederherzustellen."

„Warum rächt Ihr ihn dann nicht?"

„Weil der Shogun es verboten hat." Oishi lächelte schwerfällig. Nach einer Weile fügte er leise hinzu: „Glaubt Ihr etwa, ich dächte nicht daran? Ich würde den Schuldigen gerne töten. – Wir waren über hundert Mann, als unser Herr noch lebte. Die meisten haben sich in alle Winde zerstreut und sich neue Herren ge-

---

[48] „Weg des Kriegers", Ehrencodex des Samurai

sucht. Aber siebenundvierzig von uns sind übriggeblieben. Und jeder einzelne von uns ist vom Wunsch beseelt, den Mann, der unseren Fürsten auf dem Gewissen hat, zu vernichten. Doch der ist ein Vertrauter von Tokugawa[49]. Sein Haus in Edo ist gut bewacht. Er weiß, was ihn erwartet. Er hat Spione überall. Auch hier in Kyoto. Seine Bewacher werden uns abfangen, bevor wir zu ihm vorgedrungen sind. – Nicht, daß irgendeiner von uns Angst hat vor dem Tod, aber das Risiko ist zu groß, daß wir sterben, bevor wir ihn erwischen. Das ist ein Dilemma, das mich fast um den Verstand bringt."

Der Hinweis auf die Spione Kiras in Kyoto verursachte Yumiko Unbehagen. Hatte Oishi einen Verdacht? Nein, woher sollte er davon wissen, daß sein Feind sich an sie gewandt hatte? Er wußte ja nicht einmal, daß sie je von Kira gehört hatte. Sie reichte Oishi süße Dango-Spieße in Rosa, Weiß und Grün.

„Und deshalb verbringt Ihr Eure Tage jetzt in Shimabara mit Prostituierten, Strauchdieben und Sake und suhlt Euch so sehr in Eurem Selbstmitleid, daß jeder

---

[49] Tokugawa Tsunayoshi, Shogun von 1690 bis 1709

dahergelaufene Bauer Euch in die Gosse stoßen und auf Euch herumtrampeln kann?"

„Ja, so ist es. Der Alkohol hat mir alle Kraft genommen und noch den letzten Rest meiner Samurai-Würde. Damit muß ich mich eben abfinden. Traurig, nicht wahr?"

„Herr Oishi, darf ich offen zu Euch sprechen?"

Zum erstenmal lachte Oishi auf: „Das tut Ihr schon die ganze Zeit, Dame Yumiko. Und ich antworte ebenso offen, weil ich Euch vertraue. Ihr habt mich sehr liebenswürdig behandelt, obwohl alle anderen in mir ein Stück Dreck sehen."

„Gut, dann will ich noch offener zu Euch sprechen, als ich es bisher getan habe: Ich halte Euch nicht für so betrunken, daß Ihr mit dem Scheusal, das Euch getreten hat, nicht fertiggeworden wäret. Um ehrlich zu sein, ich glaube, Ihr wart überhaupt nicht betrunken. Ihr habt nur so getan, als ob."

Oishi sah auf seinen Becher hinunter und schwenkte den Amazake im Kreis herum. „Wie kommt Ihr darauf, Dame Yumiko? Warum sollte ich so etwas tun?"

„Weil das zu Eurem Racheplan gehört. Ihr sagtet es selbst: Der Mann, der Euren Herrn auf dem Gewissen hat, hat überall seine Spione. Ich glaube, Ihr baut darauf, daß er seine Vorsicht aufgeben wird, wenn er sich sicher sein kann, daß aus Euch ein versoffenes Wrack geworden ist."

Oishi sah auf. Mit keinem Wort bestätigte er ihre Vermutung, aber in seinen Augen las sie, daß sie sein Geheimnis erraten hatte.

„Warum tut Ihr es nicht heimlich?" fuhr sie fort. „Legt ihm einen Hinterhalt. Einer oder zwei aus Eurer Gruppe sollten ausreichen, ihm aufzulauern und ihn in einem geeigneten Moment zu töten."

„Nein", antwortete Oishi schließlich. „Die Rache ist an uns allen. Wir werden sein Haus in Edo stürmen, siebenundvierzig Mann, sobald er seine Bewachung vernachlässigt. Ein Meuchelmord würde weder unsere Ehre noch die unseres Herrn wiederherstellen. Der Shogun selbst, ganz Edo, ganz Japan soll wissen, daß dieser Beamte sterben mußte, weil er ein Unrecht an unserem Fürsten begangen hat."

„Und danach droht Euch der Tod?" fragte Yumiko.

„So wird es sein, Dame Yumiko. So sind die Gesetze. Wenn der Shogun uns wohlgesinnt ist, wird er uns erlauben, unser Todesgedicht zu schreiben und

Seppuku zu begehen. Wenn nicht, wird er uns enthaupten lassen, wie man Verbrecher enthauptet."

Eine Bö kam vom Fluß herauf und schüttelte den Baum, unter dem sie saßen. Hunderte voll aufgeblühter Blüten auf einmal regneten in ihrer makellosen Schönheit auf sie herab, verfingen sich in Yumikos Haar und landeten auf Oishis Schoß. Sie saßen in einem Meer von Blüten und aßen schweigend weiter. Es gab nichts mehr zu sagen. Oishi schien entschlossen, und Yumiko wußte nun alles, was sie wissen wollte. Sie war traurig, aber es gab keinen Weg, einen Samurai von seinem einmal gefaßten Entschluß abzubringen.

Als sie aufgegessen hatten, war es sehr spät und allmählich auch kühler geworden. Nach Shimabara konnten sie vorerst nicht zurück. Allerdings hatte auch keiner von beiden das Bedürfnis zurückzugehen. Yumiko fand nichts dabei, sich in Oishis Arm zu schmiegen, und der ließ es geschehen. Sie legten sich nebeneinander auf die Decke und schliefen umschlungen bis zum Morgengrauen. Als sie sich kurz nach Sonnenaufgang voneinander trennten, taten sie das ohne viele Worte. Worte waren nicht mehr angebracht. Sie wußten beide, daß sie sich nie mehr wiedersehen würden.

Zwei Tage später war Yumiko wieder im Dienst. Im Vorraum eines der Teehäuser erwartete sie ihren nächsten Kunden. Sie trug ihren üppigen blauen Seidenkimono und die weiße Oshiroi-Schminke. Ihr Haar hatte der Friseurmeister sorgfältig aufgesteckt. Goldener Kanzashi-Schmuck steckte in ihrem Haarknoten, und für die Teezeremonie war alles Nötige vorbereitet. Die Tatamimatten waren sauber. Teeschalen, Teelöffel und Teebesen lagen bereit. Holzkohle glomm unter dem Wasserkessel. Sie würde ihrem Gast Süßigkeiten reichen, während sie den Tee zubereitete, und mit ihm anregende Gespräche über Philosophie und Lyrik führen. Der angekündigte Kunde hatte keine Liebesdienste gebucht. Das kam vor. Nun hockte sie auf ihren Fersen auf der Tatamimatte und wartete. Als hinter der niedrigen Schiebetür eine männliche Stimme mit dem harten Akzent aus der Gegend von Edo um Einlaß bat, wußte sie bereits, wen sie hier empfangen würde. Die Tür wurde beiseite geschoben, der Kunde kroch herein und machte hinter sich wieder zu. Er verbeugte sich, wie es sich gehörte, und sie erwiderte die Verbeugung. Es war Kiras Diener. Er war gekommen, um sich nach den Ergebnissen ihrer Nachforschungen zu erkundigen.

„Nun, meine Dame Yumiko", kam er ohne Umschweife zur Sache und starrte sie dabei ungeniert an, wie es sich nicht gehörte. Er wog dabei einen Beutel Münzen in der Hand. „Habt Ihr meinen Auftrag erfüllen können?"

Sie warf einen Blick auf den Lederbeutel. Er war prall gefüllt. Wäre es ein Verrat an Oishi, den versprochenen Lohn haben zu wollen? Nein, dachte sie. Sie wollte dieses Geld.

„Das habe ich", antwortete sie, die Augen, wie es die Höflichkeit verlangte, nicht gerichtet auf das Gesicht ihres Gegenüber, sondern auf eine Tuschezeichnung des alten Kaiserpalastes von Kyoto, die schräg hinter seiner Schulter in der Nische des Raumes stand. „Ich habe Oishi selbst getroffen."

„Wie interessant." Der Mann aus Edo richtete den Oberkörper gespannt nach vorne. „Habt Ihr herausfinden können, was er vorhat?"

Sie lächelte, mit einem deutlichen Anflug von Verachtung in ihren Zügen. „Ich habe diesen Mann im Rinnstein liegen sehen, mein Herr, betrunken, gezeich-

net von den Fußtritten eines anderen, der von viel ge-
ringerem Stand war als er. Oishi ist am Ende. Ihr könnt
Eurem Herrn Kira sagen, daß er sich vor ihm nicht
mehr zu fürchten braucht."

Ihr Gegenüber nickte zufrieden. „Sehr schön", sagte er. „Gute Arbeit. Dann habt Ihr Euch die Belohnung
redlich verdient." Er streckte den Arm aus und hielt ihr
den Beutel hin. Yumiko zögerte ein wenig. Dann griff
sie zu. Sie steckte das Geld in ihren Obi.

„Danke", sagte sie. „Dann können wir ja jetzt zur
Teezeremonie kommen, wenn Ihr mögt."

„Liebend gern werde ich mit Euch Tee trinken",
sagte Kiras Diener und folgte dem Wink, der ihn in
den Hauptraum des Teehauses einlud.

1877 – Der Tote von Camp Robinson

„Unser Volk schmilzt wie der Schnee am Hügelhang in der Sonnenwärme, während die Angehörigen eures Volkes wie die Grashalme im Frühling aus der Erde sprießen."

Chief Red Cloud

Dududumdedum, dududumdedum ... Obwohl es schon 4.00 Uhr morgens sein mußte, wälzte sich Lagerkommandant Colonel Luther P. Bradley immer noch in seinem Bett hin und her. An das nächtliche Heulen der Kojoten rund um Camp Robinson hatte er sich mittlerweile gewöhnt, aber seit den Ereignissen des vergangenen Abends spielten die Indianer verrückt. Das Militärlager befand sich im Reservat der Sioux, und die ganze Nacht schon tönte von außerhalb des Camps, wo die Tipis standen, bedrohlich der Klang der Indianertrommeln herüber. Im Camp selbst saßen in einer baufälligen Lagerbaracke ein paar Sioux um einen toten Kriegshäuptling herum und wurden nicht müde, immer wieder ihren nervtötenden Trauergesang zu intonieren. Es wollte kein Ende nehmen!

Bradley schlug die Bettdecke zurück, fuhr in seine Stiefel, zupfte die Hosenträger über die Schulter und warf kurze Zeit später die Tür der Offiziersunterkunft hinter sich zu. Draußen hielt er einen Augenblick inne. Über ihm wölbte sich der rußschwarze Himmel Nebraskas. Tief atmete er die würzige Septemberluft ein. Gerade jetzt, rund drei Stunden vor Sonnenaufgang, fand er sie erfrischend wie einen Schwall kaltes Wasser. Sie weckte seine Lebensgeister. Als er sich auf den Weg hinüber zu den Baracken machte, war ihm durchaus bewußt, daß er keine Szene machen durfte. Er wollte den Indianern ja auch gar nicht ihre Traditionen verbieten, aber hier mußte ein ernstes Wort gesprochen werden. Ruhe bewahren, Ruhe bewahren, sagte er sich bei jedem Schritt. Trotz dieser zermürbenden Trommelei. Zu dumm aber auch, daß seinen Leuten und ihm gestern dieses Mißgeschick passiert war!

Je näher er der Hütte kam, in der der Tote lag, desto lauter wurden die Stimmen. Er öffnete die Tür: Fünf Krieger der Sioux saßen auf dem Boden und wiegten den Oberkörper, die Augen geschlossen, im Rhythmus ihres eigenen Gesanges, in ihrer Mitte der

Getötete. Das war schon schlimm genug. Am schlimmsten jedoch: Im Kreis der kleinen Trauergemeinde, den Kopf des Leichnams auf seinen Schoß gebettet, saß Red Cloud. Was machte ausgerechnet der hier? Er war nicht gerade ein Freund des toten Kriegers gewesen.

Leise schloß Bradley die Tür. Abrupt verstummte der Gesang.

Red Cloud, Häuptling und Schamane der Lakota-Sioux, ein Mann, der sich schon seit Jahren für den Frieden einsetzte, öffnete die Augen und richtete seinen Blick auf den Eindringling. Jeden anderen Weißen hätte er in diesem Moment der Trauer von den jüngeren Kriegern vor die Tür setzen lassen. Bei Bradley war er bereit, eine Ausnahme zu machen. Er schätzte ihn als jemanden, der bisher stets für ein ehrliches Wort gut gewesen war.

„Colonel, bist du hier, um mit uns zu weinen?"

Die anderen Krieger sahen den Weißen an. Bradleys Blick wanderte von einem zum anderen: Er war nicht willkommen. Das war deutlich. Jeder hier in diesem Raum gab ihm die Schuld an den Geschehnissen, dabei war er nicht einmal dabeigewesen, als es passiert war.

„Nein", antwortete er dem Indianer und rief sich, bevor er weitersprach, die Siouxversion seines Namens ins Gedächtnis, denn er wußte: Es ärgerte die Rothäute, wenn man ihre Personennamen plump ins Englische übersetzte. „Ich bin hier, um mit euch zu sprechen. Am besten mit dir, Machpiya Luta, und zwar allein, wenn es geht."

Red Cloud gab keinerlei sicht- oder hörbares Zeichen der Zustimmung, jedenfalls für Bradley nicht. Und doch mußte er sich den vier übrigen Kriegern irgendwie mitgeteilt haben, denn sie erhoben sich alle wie auf einen Befehl und schlängelten sich, einer nach dem anderen, geschmeidig an Bradley vorbei zur Tür hinaus. Der letzte, ein riesiger Indianer, der nicht umsonst den Namen Touch-the-Clouds trug, zischte noch ein Lakotawort in Bradleys Richtung, das eindeutig keinen freundlichen Inhalt hatte. Dann fiel die Tür zu.

„Willst du wissen, wie er dich genannt hat?" fragte Red Cloud. „Ich könnte es dir sagen, aber es wird dir nicht gefallen."

„Nein", gab Bradley zurück. Er setzte sich auf seine Fersen und versuchte, die Gegenwart des Toten zu ignorieren. Doch das gelang ihm nicht. Er mußte ihn ansehen, und wieder einmal fiel ihm auf, daß der Mann beinahe die Züge eines Europäers hatte und auch Haut und Haare viel heller waren als bei Indianern üblich. Ob er überhaupt eine Rothaut gewesen war, fragte sich der Colonel, als er die entstellende Narbe betrachtete, die sich über die Wange des Toten zog. Aber selbst, wenn nicht. Was tat das schon zur Sache? Er hatte den Siedlern und der US-Army in den vergangenen Jahren so schwer zugesetzt, daß man nur froh sein konnte, ihn loszusein. Das durfte Bradley natürlich nicht sagen, wenn er etwas erreichen wollte, doch bevor ihm noch eingefallen war, wie er das Gespräch beginnen sollte, sagte Red Cloud: „In deinem Gesicht kann ich lesen, wie sehr es dich verwundert, mich hier bei seinem Leichnam zu finden, Colonel. Aber du hast mich immer mißverstanden. Ich habe Tashunka Witko nicht verachtet. Beneidet habe ich ihn. Ich fand es nicht gerecht, daß sich auf einmal alle Weißen für ihn interessierten, nur weil er sich endlich ergeben hatte. Die Totenwache halte ich, damit ich ihn um Verzeihung bitten kann." Er schwieg und sah mit einem beinahe zärtlichen Blick zu dem Toten hinunter.

„Verstehe." Bradley nickte. „Er könnte dir in der Schattenwelt etwas antun, wenn du eines Tages hinübergelangst." Seine Erfahrung hatte ihn gelehrt, daß es einem Offizier in den Indianerkriegen nicht schaden konnte, sich auch in der Geisteswelt des Gegners ein bißchen auszukennen.

Red Cloud sah wieder auf. „Nein, denn das wäre nur gerecht. Ich bitte um Verzeihung, weil es mich reut, daß er tot ist. Es war mein Neid, der ihn getötet hat."

„Machpiya Luta, es ist Irrsinn, was du redest. Du bist nicht schuld an seinem Tod."

„Wer denn sonst, Colonel?" fragte der Lakotahäuptling, „Ich war es doch, der euch immer und immer wieder vor ihm gewarnt hat. Ich war es, der ihn gefährlich nannte. Dabei habe ich gelogen, als ich behauptete, er sei aus dem Lager geflohen, um den Kampf gegen euch Weiße wiederaufzunehmen. Ich wußte es besser. Seine Frau war krank. Er hat sie zu ihren Eltern gebracht, um sie dort pflegen zu lassen. Als er zurückkam, habt ihr ihn getötet, weil meine

Worte wie die Zähne der Klapperschlange in euer Herz gedrungen waren."

„Das ist doch nicht wahr. Es gab keinen Befehl, ihn zu töten. Er sollte nur verhaftet werden. Aber er hat sich ja aufgeführt wie ein angeschossener Grizzly, als er in die Zelle gebracht werden sollte. Hätte er keinen Widerstand geleistet, hätte es diesen Unfall nicht gegeben."

„Hätte er keinen Widerstand geleistet, gäbe es nichts mehr, worauf zukünftige Generationen der Lakota noch stolz sein könnten."

„Stolz?" Colonel Bradley spuckte das Wort heraus wie ein Stück ausgelutschten Kautabak. „Worauf? Auf seine Überfälle? Auf die vielen Fallen, die er unseren Soldaten gestellt hat? Oder auf seinen letzten Streich am Little-Bighorn-Fluß? Würdest du die vielfache Übermacht von Lakota- und Cheyennekriegern, die Custers Siebente niedergemacht hat, etwa tapfer nennen?"

Red Cloud durchbohrte sein Gegenüber mit Blicken. Er hatte Bradley wohl doch überschätzt. Diese Weißen waren durch und durch überheblich. Hindernisse betrachteten sie nicht als Marksteine, die eine höhere Macht ihnen setzte, um ihnen ihre Grenzen zu zeigen. Sie sahen in ihnen lediglich eine Herausforderung an ihren Erfindungsreichtum. Anstatt sie zu akzeptieren, überwanden sie sie. Traditionen waren ihnen nur so lange heilig, wie sie ihnen nicht im Weg standen. Wenn sie es doch taten, dann warfen sie sie über den Haufen. So rasch, wie die Wolken über der Prärie ihre Gestalt änderten, so änderten sie ihre Ansichten. Leider grenzte ihre Wandlungsfähigkeit oft genug an Verlogenheit: Wenn die Indianer sie mit List besiegten, dann nannten sie es hinterhältig. Besiegten dagegen sie die Indianer mit denselben Methoden, priesen sie das als überlegene Taktik. Auch Custer, der vor zwei Sommern von Indianern geschlagen worden war, war so ein überheblicher Weißer gewesen. Mit zweihundertfünfzig Kavalleristen ein Tipidorf anzugreifen, in dem mehr als tausend Stammeskrieger zu vermuten waren, hatte er sicher als Heldenstück betrachtet. Daß auch Frauen, Kinder und Alte von seinen Feuerkugeln zerrissen werden würden – was machte das schon? Pech für ihn, daß sein Gegner mit den gleichen Repetiergewehren ausgestattet gewesen war wie er.

„Was hätten unsere Krieger tun sollen?" fragte Red Cloud. „Custer gewähren lassen, weil es nicht tapfer ist, einen dummen Gegner zu schlagen?"

„Nein, natürlich nicht!" gab Bradley zu. „Ich sage ja nur, daß die Lakota auf Little Bighorn nicht stolz sein dürfen."

„Warum nicht, Colonel? Die Schlacht hat gezeigt, daß wir von euch gelernt haben. Endlich hatten sich mehrere Stämme zusammengetan gegen euch, anstatt sich gegenseitig an euch zu verkaufen. Leider viel zu spät. Alle, denen dieses Land schon lange gehörte, bevor ihr kamt, hätten euch vereint bekämpfen müssen. Am besten damals, als ihr selbst uneins wart, während eures großen Bruderkrieges vor einigen Wintern. Aber wir haben nur zugesehen und freuten uns, daß ihr mit euch selbst beschäftigt wart. Als euer Krieg dann endete, habt ihr euch gemeinsam gegen uns gewandt. Ihr hattet euch wieder versöhnt, und wir waren immer noch zerstritten. Das war unser Fehler."

Red Cloud senkte den Kopf und beugte sich über den toten Krieger in seinem Schoß. Dabei verscheuchte er eine Fliege, die über die Narbe auf der Wange des Toten krabbelte.

„Tashunka Witko", fuhr er dann fort und hob den Kopf des Toten leicht an, „hat das erkannt. Er hat lange versucht, uns zum Krieg gegen euch zu bewegen. Aber Männer wie ich haben das verhindert. Anstatt ihm zu folgen, bin ich schwanzwedelnd wie ein Hund zum Weißen Vater nach Washington gekrochen und habe mich auf seine Zusagen verlassen, ohne zu wissen, daß er gar nicht die Macht hatte, für euch alle sein Wort zu geben. Die anderen Häuptlinge haben mich dafür verspottet, aber ich war sicher, das Richtige zu tun."

„Du hast das Richtige getan", sagte Bradley. „Du weißt doch, daß ihr den Krieg nicht gewinnen könnt. Verdammt, sogar Tashunka Witko hat das schließlich eingesehen, sonst hätte er sich ja nicht ergeben. – Aber jetzt ist er tot, und das birgt neue Gefahren. Du und ich müssen dafür sorgen, daß es keine Aufstände gibt. Ich möchte mir gar nicht vorstellen, was passieren könnte, wenn deine Leute hier im Reservat auf die Idee kämen, sich Sitting Bull anzuschließen!"

Er stockte. Er hatte nicht aufgepaßt. Den Häuptling Tatanka Yotanka, der sich mit einer riesigen Gefolgschaft von Sioux und Cheyenne immer noch da draußen in der Weite versteckte und nicht kapitulieren wollte, Sitting Bull zu nennen könnte Red Cloud als Beleidigung werten. Doch der Häuptling sagte nichts. Seine Miene blieb unergründlich. Vielleicht war es ihm nicht aufgefallen. Bradley beschloß, über den eigenen Fehler einfach hinwegzusehen.

„Und darum bitte ich dich, die Trauerzeremonie jetzt zu beenden", fuhr er fort. „Du mußt die Trommeln da draußen zum Schweigen bringen. Und was du mir gesagt hast, darfst du vor keinem Lakota wiederholen. Du mußt bei der Version bleiben, die du stets verbreitet hast: Tashunka Witko war ein Rebell."

Red Cloud blieb stumm. Es widerstrebte ihm, den Getöteten ein zweites Mal zu verraten. Bradley bemerkte es genau. Verflixt! Warum waren diese Rothäute nur so lebensfern? Er mußte seine Bemühungen intensivieren.

„Stell dir vor, wie es in hundert Jahren wäre, wenn wir heute Frieden bekämen. Dann könnten wir ein Volk sein. Es würde keine Unterschiede mehr zwischen Rot und Weiß geben. Es gäbe nur noch Amerikaner. Wohlstand würde zu den Lakota kommen. – Du bist ein weiser Mann, Machpiya Luta. Laß dich von deiner Weisheit leiten."

Eine plumpe Schmeichelei. Sie beeindruckte Red Cloud überhaupt nicht. Und ebensowenig beeindruckte ihn, wie sehr der Colonel darauf achtgab, die schwierigen Lakotanamen zu verwenden. Die Weißen glaubten, die Lakota legten Wert darauf. Und daß er eben gepatzt hatte, war dem Colonel sichtlich peinlich gewesen. Dabei war es Red Cloud ganz gleichgültig, wie ihn die Weißen nannten, ob sie nun unter sich waren oder nicht. Was ihm mißfiel, war etwas anderes. Ihm mißfiel, daß der Colonel, auf den er immer große Stücke gehalten hatte, sich plötzlich genauso verhielt, wie es Weiße immer taten, wenn sie etwas von einem Indianer wollten und mit Überheblichkeit nicht weiterkamen. Er verstieg sich darauf, Blüten zwischen seine Worte zu streuen und die gemeinsame Zukunft zu beschwören. Dabei war eines klar: In dem Land, das der Colonel und seinesgleichen nach einem der Ihren Amerika nannte, würde das Volk der Lakota nicht überleben. Wenn es nicht an den Krankheiten starb, die den Weißen gehörten, dann würde es daran zugrunde gehen, daß es nicht mehr sah, wie im Sommer der

Purpurklee auf der Prärie blühte, und nicht mehr hörte, wie der Schrei des Pumas in den Bergen hallte. Doch wer war er, zu entscheiden, daß in aussichtlosen Kämpfen zu sterben für die Kinder seines Volkes besser wäre als eine ungewisse Zukunft?

Vorsichtig hob Red Cloud den Kopf des toten Kriegers aus seinem Schoß und bettete ihn auf die rote, zusammengerollte Decke, unter der der Getötete das Messer versteckt gehalten hatte, mit dem er sich gegen seine Verhaftung zur Wehr hatte setzen wollen. Dann stand er auf, verschränkte die Arme vor der Brust und blickte auf Bradley hinunter.

„Gut!" sagte er. „Tashunka Witko war ein Rebell. Es soll keinen Krieg mehr geben, wenn ich es verhindern kann."

Dem Colonel fiel ein Stein vom Herzen. Er mühte sich aufzustehen: Sein linkes Bein war eingeschlafen.

„Du wirst es nicht bereuen", bekräftigte er. „Aber jetzt sollten wir ihn begraben. Ich werde ein paar Soldaten anweisen, das zu erledigen."

„Nein!" antwortete Red Cloud, seine Stimme so finster wie eine Höhle in den Badlands. „Tashunka Witko wird nicht irgendwo verscharrt wie ein Hundekadaver. Seine Eltern sind mit ihm hergekommen. Sie haben mir erlaubt, die Totenwache für ihren Sohn zu halten. Anschließend möchten sie ihn nach alten Riten in der heiligen Erde seiner Heimat beisetzen. Ich habe dem zugestimmt. Es ist das einzige, womit ich den Kummer, den ich über ihre Herzen gegossen habe, ein wenig mindern kann."

Bradley kratzte sich am Kopf. Ihm wäre lieber gewesen, man hätte den Leichnam anonym begraben können. Aber das war wohl nicht durchzusetzen.

„Okay. Sollen sie das machen, wenn du dich nur verpflichtest, deine Stammesgenossen ruhig zu halten." Damit war die Angelegenheit geklärt. Auf Red Cloud würde er sich verlassen können. Also wandte er sich zum Gehen. Vielleicht würde er noch ein Stündchen schlafen können bis zum Morgenappell. Er öffnete die Tür der Baracke. Das Trommeln wurde wieder lauter. Egal, bald würde es vorbei sein. Als er schon halb draußen war, drehte er sich noch einmal um.

„Eins noch, Machpiya Luta. Wenn dir gelingt, den Frieden zu wahren, dann wird man dir eines Tages ein Denkmal setzen. Glaub mir."

„Das bezweifele ich sehr", antwortete Red Cloud und blickte auf den Toten. „Eher glaube ich, daß man ihm ein Denkmal setzen wird."

Bradley lachte und bemerkte sofort, wie unangebracht sein Lachen wirken mußte. „Na, wir werden sehen", sagte er. Er schloß die Tür und ging zu seiner Unterkunft zurück. Ein Denkmal für Crazy Horse, diesen Aufwiegler? Das würde es in den Vereinigten Staaten niemals geben. Wie lebensfern, diese Rothäute.

Mit dieser Einschätzung sollte Colonel Bradley sich irren. Seit 1948 wird aus einem Berg der Black Hills in South Dakota im Andenken an einen besonderen Amerikaner eine der größten Skulpturen herausgemeißelt, an der sich die Menschheit je versucht hat. Sie soll irgendwann einmal 195 m lang und 170 m hoch sein. Bisher ist lediglich das Gesicht des Dargestellten fertig. Es ist das Gesicht von Crazy Horse.

1880 – Der doppelte Ludwig

König Ludwig saß aufrecht im Bett. Die Zähne taten ihm mal wieder weh. Das Fleisch, das man ihm zum Diner serviert hatte, war wie so oft nicht richtig weichgekocht gewesen. Irgendwo im Schloß schlug zwölfmal eine Uhr. Es war tiefe Nacht, aber nicht dunkel. Die neuartige Lichtanlage funktionierte bestens, und in der Helligkeit des elektrischen Mondes, der in seinem Bettbaldachin installiert war, blieb ihm auch der Anblick des neuen Rittmeisters seiner Palastgarde nicht erspart, der neben ihm lag und schlief – splitterfasernackt. Als er ihn vor rund zehn Tagen kennengelernt hatte, blonde Haare, ein keckes Bärtchen über der Lippe, hoch zu Roß, schneidig in seiner auf den schlanken Leib geschnittenen Uniform, da war es wieder dagewesen, sein widernatürliches Begehren. Ludwig wünschte sich oft, schönen Frauen gegenüber ebenso zu empfinden. Doch so war es nicht. Seine Begierde richtete sich ausschließlich auf das eigene Geschlecht, und darum genoß er sie nicht nur, sondern haßte sie auch. Da lag sie nun, eine graue Uniformjacke mit den einfachen Epauletten, auf einem seiner schönen Brokatstühle. Ein Raupenhelm, letztes Abzeichen der vormals souveränen bayerischen Armee, war nachlässig in die Ecke geworfen. Und der Rittmeister hatte sich als ungebildeter Laffe entpuppt. Nicht allein, daß er trotz seiner adeligen Herkunft nur schlecht Französisch sprach, nein, er wußte es auch nicht zu schätzen, von seinem König in eine Sondervorstellung des Lohengrin eingeladen zu werden. Er hatte während der Vorstellung mehrmals gegähnt und Ludwig später gestanden, daß er mit Wagner nichts anzufangen wußte. Er bevorzugte das eingängige Operettengedudel eines Johann Strauss, das das einfache Volk nicht nur in Wien, sondern auch in Münchens Straßen vor sich hin pfiff, weil es keine Ahnung von wirklicher musikalischer Größe hatte.

Ludwig betrachtete die mit kleinen Eiterpickeln übersäte Schulter seines Liebhabers. An der Unterseite seines Oberlippenbärtchens klebten die gelben Überreste exzessiven Zigarettenkonsums, aus dem halbgeöffneten Mund tropfte Speichel, und er grunzte im Schlaf wie ein Schwein in der Suhle. Was hatte er an diesem Stück Vieh nur gefunden? Wenn er daran dachte, was er vor einigen Stunden mit ihm getrieben hatte ... Nein, lieber nicht daran denken! Unter der Decke gab der König dem Rittmeister einen Tritt.

„He, Kerl, steh Er auf", sagte er. „Die Vorstellung ist vorbei."

Die Antwort war ein unverständliches Nuscheln; nur mit viel Fantasie ließ es sich interpretieren als „Laß mich in Ruhe, ich bin müde."

„Hört Er schlecht?" Ludwig wurde lauter. Er war es nicht gewohnt, daß man seinen Befehlen keine Beachtung schenkte. Deshalb schritt er selbst zur Tat. Außergewöhnlich groß und stattlich, wie er war, bereitete es ihm keine Mühen, den unerwünschten Bettnachbarn unter Hüfte und Schulter zu fassen und ihn mit Schwung über die Bettkante zu werfen. Es polterte. Ein langgezogenes Stöhnen zeugte davon, daß sein Liebhaber höchst unsanft auf dem Parkettboden gelandet war. Recht so.

„Was soll das?" beschwerte sich der junge Mann.

„Zieh Er sich rasch an und dann hinaus mit Ihm", befahl Ludwig.

„Warum?" fragte der Rittmeister, inzwischen auf allen Vieren. „Es ist mitten in der Nacht."

„Na und?" Ludwig schlug die Bettdecke zurück und hüllte seinen massigen Körper in seinen Lieblingsmorgenmantel aus royalblauem Samt. „Hält Er sich nun etwa für die Mätresse des Königs von Bayern, nur weil Er ihn einmal nackt gesehen hat? – Mach Er keine Umstände. Geh Er mir aus den Augen. Er erhält in den nächsten Tagen eine angemessene Belohnung und einen Versetzungsbefehl, wohin weiß ich noch nicht, auf jeden Fall aber weit genug weg, so daß ich Ihn nicht mehr sehen muß."

Der junge Rittmeister begriff diesen plötzlichen Sinneswandel des Königs nicht. Vor einer Woche erst hatte er einen schmeichlerischen Brief von Ludwigs eigener Hand erhalten. „Herzensbrecher! Geliebter! Einziger! Gepriesen sei Deine Schönheit. Ach, daß Du doch wüßtest, wie sehr ich mich nach Dir verzehre."

Er war gerade erst aus Passau nach Schloß Linderhof gekommen, um in der Palastgarde der Wittelsbacher zu dienen. Er hatte den brisanten Brief zwei Tage unter dem Kopfkissen seines Bettes im Offiziersquartier versteckt und sich die ganze Zeit über gefragt, welche Konsequenzen es haben könnte, wenn er sich auf ein unzüchtiges Verhältnis mit dem exaltierten König von Bayern einließ. Schließlich kam er zu der Überzeugung, daß die Vorteile einer intimen Beziehung zum zweitmächtigsten Souverän im gesamtdeutschen Staat die Nachteile bei weitem überwiegen müßten. Er legte seine Paradeuniform an, weil der König es so wünschte, landete in diesem Prunkbett mit dem bayerischen Staatswappen in der Rückwand und ließ die „Handlungen" des Königs an seiner Person über sich ergehen – und nun das! Doch was dagegen tun? Ihm blieb nichts anderes übrig, als sich zu trollen. Also zog er schnell die Uniformhose an und schlüpfte in seine Reitstiefel. Mit lediglich einem Hosenträger über der Achsel, das Hemd nicht zugeknöpft, die Uniformjacke über dem Arm, den Helm aber auf dem Kopf, salutierte er zum Abschied und schlug dabei die Hacken zusammen. Ein „Lebt wohl, Eure Majestät" lag ihm auf der Zunge, doch das verkniff er sich, denn Ludwig sah ihn nicht mehr an, sondern bedachte ihn nur noch mit einer scheuchenden Bewegung seiner fetten Hand.

Als der Rittmeister die Tür hinter sich zuzog und sich fragte, wie er aus dem Schloß hinauskommen sollte mitten in der Nacht, blieb der König allein. Das war eindeutig die beste Daseinsform, die er sich vorstellen konnte. Alle Anspannung fiel von ihm ab. Niemand da, der hinter Ludwigs Rücken Possen riß, weil der König von Bayern eben nicht wie andere Leute ging, sondern stets bemüht war, möglichst majestätisch einherzuschreiten. Niemand, der sich ehrerbietig verbeugte, obwohl er sich hinter vorgehaltener Hand über Ludwigs Angst vor dem eigenen Zahnarzt ausließ. Niemand, der die nächtlichen Kutschausfahrten in die Ettaler Umgebung als Anzeichen derselben familiären Schizophrenie interpretierte, an der Ludwigs Bruder Otto vor Jahren erkrankt war.

Nun konnte er sich endlich dem widmen, was ihm wirklich am Herzen lag. Er durchquerte den Raum und öffnete eines der Fenster, die auf die nördliche Parkanlage hinausgingen. Kühl strömte die Nachtluft herein. Die Wasserkaskaden, die zum Neptunbrunnen führten, plätscherten eben noch hörbar vor sich hin, ein beruhigendes Geräusch.

Ludwig liebte Linderhof. Es war das kleinste seiner Schlösser, aber ebendeshalb fühlte er sich dort am meisten zu Hause. Mit viel Liebe hatte er die ehemalige Jagdhütte seines Vaters, in der er schon als Kind viel Zeit verbracht hatte, in ein allerliebstes Rokokoschlößchen verwandelt, wie es in Bayern einzigartig war. Eigentlich hatte aus Linderhof ein zweites Versailles werden sollen, denn er verehrte die Bourbonischen Könige und ganz besonders den Sonnenkönig über alle Maßen. Aber für ein zweites Versailles reichte der Platz nicht aus. Dennoch sprang denjenigen, der durch die Schloßanlage flanierte, Ludwigs Verehrung für das französische Königtum in jedem Winkel an: In den Kabinettzimmern hatte er Porträts französischer Adliger anbringen lassen. An den Treppen der Terrassengärten war eine Büste Marie Antoinettes aufgestellt. Und unten im Vestibül saß eine Bronzestatue Ludwigs XIV. lebensgroß zu Pferde, jeder Zentimeter ein echter König. Er dagegen, Otto Friedrich Wilhelm Ludwig aus dem Hause Wittelsbach, sah sich selbst nur noch als Operettenkönig, machtlos und größtenteils für Dekorationszwecke vorgesehen. Er war König zur falschen Zeit und darum nur selten glücklich in seinem Amt. Nicht daß er die Moderne in Bausch und Bogen verdammte. Nein, er stand den technischen Möglichkeiten, die sie mit sich brachte, höchst aufgeschlossen gegenüber und nutzte sie, wo er nur konnte, doch vor ihren gesellschaftlichen und politischen Veränderungen grauste es ihn regelrecht. Sie tat Herrschern wie ihm unrecht, denn sie beschnitt die Macht, die nur in der Hand eines fähigen Monarchen segensreich sein konnte, dadurch, daß sie sie auf verschiedene mehr oder minder befähigte Männer verteilte. Seine Königswürde taugte nicht mehr dazu, Bayern prosperieren zu lassen, und eigentlich hatte sie nur noch ein wirklich Gutes: Sie erlaubte ihm, den Unbilden der Moderne wenigstens zeitweise zu entkommen. Ein Ludwig von Bayern durfte zwar nicht mehr regieren, aber er hatte die Mittel, das angelaufene Silber vergangener Zeiten wieder blankzuputzen.

Und deshalb quoll Ludwigs Schreibtisch auch über von Papieren. Nein, keine Staatspapiere. Die lagen in seinem Büro, und er bearbeitete sie stets zügig. Er leistete sich in seinem hohen Amt keine Arbeitsrückstände. Das hier waren Baupläne, und sie betrafen sein ehrgeizigstes und schwerstes Projekt: den Bau seiner Neuen Burg Hohenschwangau bei Füssen, den er bereits 1868 begonnen, aber immer noch nicht abgeschlossen hatte. Das Schloß, gewidmet seiner Freundschaft mit dem Komponisten Richard Wagner und konzipiert als mittelalterliche Ritterburg, in der er dem Tristan, dem Lohengrin und dem Tannhäuser nahe sein würde, verschlang Unsummen, ohne daß der Bau nennenswerte Fortschritte machte. So sehr es Ludwig mißfiel, er mußte an seinem Lieblingsprojekt Abstriche machen. Doch wo den Rotstift ansetzen? Der Architekt Riedel riet dringend dazu, auf den Maurischen Saal zu verzichten. Ludwig war beinahe geneigt, diesen Rat zu beherzigen, so schwer es ihm fiel. Also nahm er die Pläne zur Hand. Doch als er sie betrachtete, erging es ihm, wie es ihm immer erging. Der Anblick der Entwürfe in ihrer kühnen Schönheit und Erhabenheit überwältigte ihn. Jeglicher Gedanke an Änderung war ein Frevel. Er sah schon die stolzen Mauern aufragen, weithin sichtbar über der Pöllatschlucht, ein Jahrhundertbauwerk, und dann war es ihm, als flöge er über den Bergfried und die Zinnen hinweg wie ein Vogel. Tief in seinem Inneren nahm, so unvermittelt wie in Wagners Komposition, ein Orchester das vorwärtstreibende, majestätische Vorspiel zum dritten Aufzug von Lohengrin auf. Ganz versunken in seinen fantastischen Flug, summte Ludwig beim Einsetzen der Hauptmelodie unwillkürlich den Part der Bläser mit, sein Finger schlug den pulsierenden Viervierteltakt auf die Tischkante, während die Arpeggien der Streicher in seinem Gehörgang vibrierten, und er schloß die Augen. Das waren die wenigen Augenblicke, in denen der König glücklich war, die wenigen, in denen andere ihn hätten lächeln sehen können. Die Musik wurde lauter und lauter, auch wenn er sie nur in seinem Kopf erzeugte, doch plötzlich verirrte sich in das Wunder der Wagnerschen Harmonien die rüde Dissonanz eines weiblichen Lachens. Streicher und Bläser verstummten. Ludwig öffnete die Augen. Nach allen Seiten sah er sich um. Sollte eines der Haus- oder Küchenmädchen hier irgendwo herumschleichen, mitten in der Nacht? Na, die würde was erleben! Er stand auf, ging zur Schlafzimmertür und öffnete sie. Er lauschte. Im Treppenhaus war es dunkel und still. Da war nichts. Aber eben wollte er die Tür schließen, da lachte es wieder, und dieses Lachen kam eindeutig aus dem Raum, in dem er sich befand. Er fuhr erschrocken herum, und da sah er eine Frau mit weißer Rokokoperücke in einem Kleid aus cremefarbenem

Tüll und rosa Seide mitten auf seinem Baldachinbett mit den blauen Samtvorhängen sitzen. Sie klappte ihren Fächer zu und stand auf. Als sie herangekommen war, reichte sie ihm die Rechte zum Handkuß.

„Es ist mir ein Vergnügen, Eure Majestät", sagte sie in einem etwas antiquierten Französisch.

Ludwig war viel zu perplex, um irgendwelche Fragen zu stellen. Er handelte, ohne zu denken, verneigte sich und hauchte einen Kuß auf den zarten Handrücken.

„Weißt du wenigstens, wer diese Dame ist, mein Sohn?" hörte er dann eine offensichtlich befehlsgewohnte Stimme fragen. Sie kam von seinem Schreibtisch, und als er hinüberblickte, lümmelte sich dort in seinem Schreibtischstuhl ein imposanter Mann mit dunkler Allongeperücke, blauer Kniebundhose und einem mit den französischen Fleurs-de-Lys bestickten Justaucorps, dem kragenlosen, offenen Rock, wie man ihn in der ersten Hälfte des 18. Jahrhunderts getragen hatte. Sein breitkrempiger, federgeschmückter Hut lag auf der Tischplatte. Sein Französisch war noch altmodischer als das der Dame, und dennoch hatte Ludwig, der ausgezeichnet Französisch sprach, die Frage verstanden. Außerdem war Ludwig kein Dummkopf. Natürlich hatte er begriffen, wer ihn hier des Nachts besuchte. Es blieb jedoch die Verwunderung, womit er diesen Besuch verdiente. Er war zwar König von Bayern, aber so hochgestellte Gäste hatte er noch nie gehabt.

Deshalb vibrierte seine Stimme etwas, als er antwortete: „Ich nehme an, Sire, die Dame ist niemand anderes als die unglückliche letzte Königin von Frankreich, Marie Antoinette, und Ihr seid der große Sonnenkönig Ludwig. Herzlich willkommen auf Schloß Linderhof. Was verschafft mir diese übergroße Ehre?"

Er eilte hinüber zu seinem hohen Gast, verbeugte sich so tief, wie er sich nie vorher verbeugt hatte, und begrüßte auch ihn mit einem Handkuß. Der Sonnenkönig war mittlerweile aufgestanden, hatte seinen Hut an sich genommen und spazierte auf seinen hochhackigen Schnallenschuhen mit einem Gehstock, den er vornehm von sich wegstreckte, vom Scheitel bis zur Sohle ganz die königliche Majestät, die Ludwig in ihm sah, durch das Schlafzimmer und schaute sich prüfend nach allen Seiten hin um.

„Wir wollten einfach nach dir sehen, Louis. Marie ist schon lange neugierig auf dich. Sie liegt mir seit ewigen Zeiten in den Ohren, dich besuchen zu dürfen, weil du dich immer vor ihrem Standbild verbeugst. Und außerdem möchte sie unbedingt mal wieder Deutsch sprechen, nicht wahr, Marie?"

Die Dame lachte hinter ihrem Fächer. „Ihr sagt es, mein Teuerster", antwortete sie, diesmal im weichen, gedehnten Deutsch der Österreicher.

„Und ich? Immerhin bist du mein Namensvetter. Und mehr als das, du bist unser Freund. Wie ich sehe, ist dein Schlafzimmer dem meinen nachempfunden. Etwas klein vielleicht und zu viele moderne Spielereien an den Wänden, aber sonst ..."

„Es ist nicht ganz wie das Eure, Sire", gab Ludwig zu. „Ich habe noch ein anderes Schloß auf der Herreninsel im Chiemsee. Dort wird ein bayerisches Versailles entstehen. Ich hoffe, Euch später einmal dort zu Gast haben zu können. Das hier ist nichts Besonderes." Er machte eine abwertende Handbewegung.

„Stellt Euer Licht nicht unter den Scheffel, Louis", mahnte die Königin. „Wir wissen, was Ihr geleistet habt. Und um die Worte Seiner Majestät zu ergänzen, mein Bester: Wir machen uns Sorgen."

„Das ehrt mich sehr", antwortete Ludwig. „Aber Eure Majestäten müssen sich wirklich keine Sorgen machen, zumindest nicht, was meine Person betrifft."

„Doch", sagte der Sonnenkönig und tippte Ludwig mit seinem Gehstock auf die Brust. „Du bist der einzige Freund Frankreichs, den es in diesem Land noch gibt."

„Und der einzige Freund Österreichs", fügte Marie Antoinette hinzu.

„Und trotzdem ist Bayern jetzt ein Teil dieses künstlichen Gebildes, das sich Deutsches Reich nennt und sich auf einer Niederlage Frankreichs gegründet hat", sagte der Sonnenkönig.

„Und das ohne Österreich", fügte Marie Antoinette hinzu.

„Ja, das ist wahr", seufzte Ludwig und ließ sich in seinen Schreibtischstuhl fallen. An das Husarenstück des Kanzlers Bismarck anno 71, das Bayern seiner Souveränität beraubt hatte, wurde er nur ungern erinnert, ganz besonders deshalb, weil seine eigene Rolle dabei eine ziemlich unrühmliche gewesen war. Wann immer er daran dachte, war ihm zum Heulen zumute. Und deswegen klang seine Rechtfertigung auch sehr kläglich: „Aber was hätte ich denn machen sollen? Bayern stand 66 treu an Österreichs Seite, doch mit den Preußen ist es ein Kreuz. Königgrätz war einfach nicht zu gewinnen. Und das anschließende Schutz- und Trutzbündnis, das Bismarck anbot, mußte ich bewilligen. Ich kann nicht so entscheiden, wie Ihr es zu Eurer Zeit tun konntet, Eure Majestät. Ich habe Minister, Staatssekretäre, ein Parlament, auf die ich Rücksicht nehmen muß. Und wenn alle deutschen Staaten sich zusammentun, dann kann Bayern nicht als einziger abseits stehen."

„Dieses Deutschland", brummte der Sonnenkönig, „kaum hat man es in tausend Stücke zerschlagen, da formiert es sich neu und ist stärker als je zuvor. – Hättest du denn nicht wenigstens darauf verzichten können, diesen unsäglichen ‚Kaiserbrief' zu versenden? Wenn du als ranghöchster der deutschen Fürsten den Preußenkönig nicht gebeten hättest, Deutscher Kaiser zu werden, dann wäre uns diese Farce in meinem Spiegelsaal sicher erspart geblieben. Oder steckt dahinter auch dein Parlament?"

„Nein, Majestät, nicht das Parlament, aber die Erfordernisse. Was sollte ich tun? Ich bin nur ein kleiner König, und ich benötigte Geld. Bismarck hat es mir gegeben. Daß die Kaiserproklamation in Versailles stattfinden würde, konnte ich nicht ahnen. Und ich bin auch nicht hingegangen. Mehr stand nicht in meiner Macht."

Ludwig saß mit hängenden Schultern in seinem Schreibtischstuhl. Er schniefte hörbar.

„Na, na, na. Ist ja gut", sagte die Königin. Sie hatte sich neben ihn gestellt, beugte sich über ihn, faßte sein Kinn mit der weißen Hand und bettete seinen Kopf an ihre weiche Brust. Der Stoff ihres Kleides knisterte, und sie duftete nach Jasmin und Sandelholz. Obwohl Ludwig an Frauen kein Interesse hatte, empfand er diese Umarmung als köstlich und wühlte die bärtige Wange tief in das warme Dekolleté der Königin. So hatte seine preußisch-steife Mutter ihn nie umarmt.

„Wir machen Euch ja keine Vorwürfe, mein Lieber", raunte Marie Antoinette. „Die größten Vorwürfe macht Ihr Euch selbst. Das zeigt schon Eure überbordende Verehrung für uns beide. Nicht daß wir nicht geschmeichelt wären, aber damit macht Ihr, was passiert ist, nicht ungeschehen. Ihr jedoch, Ihr werdet langsam grob und ungerecht. Nehmt nur mal Euer Benehmen gegenüber dem armen Herrn Rittmeister vorhin. So kann man doch seine Liebhaber nicht behandeln! Daß Ihr Euch selbst für Eure Neigungen schämt, berechtigt Euch nicht, andere zu kujonieren. Ihr müßt Euren eigenen Unzulänglichkeiten mit viel mehr Milde begegnen, sonst könnt Ihr auch anderen gegenüber nicht gnädig sein."

„Davon wißt Ihr auch?" Ludwig, das Gesicht gerötet, und diesmal vor Scham, sah durch einen Wust von Rüschen und Tüll zur Königin auf.

„Na, sicher", donnerte es von der anderen Seite des Schlafzimmers herüber. „Was hattest du gedacht? – Nun nimm die Sache mit Frankreich mal nicht zu schwer, Junge. Es ist ja nicht allein deine Schuld. Dieser dritte Napoleon ist ein ausgemachter Kretin. Sein Onkel, ja, das war mal ein gewiefter Kerl. Wenigstens auf dem Feld. Aber ein französischer Kaiser, der sich von einem preußischen Junker provozieren läßt und ihm prompt in die Falle tappt ... Der hat es nicht besser verdient, würde ich meinen. Mir wäre das jedenfalls nicht passiert." Der Sonnenkönig stand vom Bett auf, trat vor die Balustrade, zupfte die Ärmel seines Justaucorps glatt und nestelte an seiner Spitzenkrawatte.

Marie Antoinette gab Ludwig noch einen Kuß aufs Haar und ließ ihn dann los. Sie faltete ihren Fächer wieder auf und hakte sich beim Sonnenkönig unter.

„Wir nehmen deine Einladung später gerne einmal an", versprach mit einem galanten Schwung seines Hutes Ludwig XIV. „Vielleicht kommen wir mal zum Essen vorbei. Und wenn du erlaubst, dann bringen wir noch ein paar Verwandte mit. Wär dir das recht?"

„Sicher, sicher", gab Ludwig zurück. „Jederzeit." Er verbeugte sich höflich vor den beiden, und als er wieder hochkam, waren die Majestäten verschwunden.

—

Ludwig erwachte in seinem Schreibtischstuhl rund zwei Stunden später, weil ihn erbärmlich fror. Das Fenster stand noch immer offen, und gegen Morgen war es empfindlich kalt geworden. Zunächst einmal stand er auf und schloß das Fenster. Dann überlegte er, warum er in seinem Schreibtischstuhl eingeschlafen war. Da war die Sache mit dem verscheuchten Liebhaber gewesen. Dann hatte er die Pläne für das neue Ho-

henschwangau studiert. Darüber mußte er wohl eingeschlafen sein und hatte dabei diesen bemerkenswerten
Traum gehabt. Marie Antoinette und Ludwig XIV. hatten ihn besucht. Und das Merkwürdigste war: Ludwig
erinnerte sich an alle Einzelheiten genau, an der Königin Duft, an den Glanz der Lilienstickerei auf Ludwigs
nachtblauem Rock, an jedes Wort, das gesprochen
worden war. Andere Träume pflegten sich schon im
Moment des Aufwachens aus der Erinnerung zu verab-
schieden. Spätestens beim Rasieren hatte er sie meist
vergessen. Aber bei diesem war es anders. War das
normal? Seit man beim armen Otto vor einigen Jahren
eine Psychose diagnostiziert und ihn weggesperrt hatte, saß Ludwig die Angst im Nacken, er könne ebenfalls eines nicht allzu fernen Tages davon betroffen
sein. Seitdem beobachtete er sein innerstes Erleben
sehr genau. Doch bislang war alles gutgegangen. Was
hatte es also nun zu bedeuten, daß dieser Traum so
plastisch blieb? Sollte dies ungewöhnliche Erinne-
rungsvermögen etwa ein Anzeichen einer psychischen
Störung sein? Egal, dachte Ludwig. Er war einfach
nicht bereit, sich Sorgen zu machen. Er war ausgesprochen gut aufgelegt. Der Traum würde schon verblas-

sen, wenn er erst einmal zeitlichen Abstand dazu gewonnen hatte. Und um sich bis dahin sinnvoll zu beschäftigen, entschloß er sich, eine Fahrt mit der Kutsche zu unternehmen.

Er klingelte nach seinem Kammerdiener Johann, der es gewohnt war, mitten in der Nacht aus dem Bett geholt zu werden, weil der König etwas wollte, und befahl ihm, den Zweispänner fertig machen zu lassen und die übrige Dienerschaft zu wecken. Kaum eine Stunde später hatte Ludwig dann auch schon ein kleines Frühstück zu sich genommen und war ausgehbereit. Unternehmungslustig ging er die Treppe hinunter ins Vestibül, einen Hut auf dem Kopf, das Cape um die Schulter. Unten stand Johann und schaute nicht gerade glücklich aus. Ludwig sah ihm an, daß etwas nicht stimmte.

„Nun sag Er schon, was los ist!"

Johann verbeugte sich: „Majestät müssen wissen, der Zweispänner ist leider nicht verfügbar. Achsbruch."

„Ja, Herrschaftszeiten", sagte Ludwig ungeduldig. „Dann tu Er doch was. Richte Er einen anderen her.

Der Zweispänner ist schließlich nicht die einzige Kutsche, die ich habe."

„Nein, Eure Majestät. Natürlich nicht. Ich werde mich persönlich darum kümmern." Johann verschwand nach einer Reihe von Bücklingen nach draußen. Jetzt hieß es also warten. Ludwig schaute auf die Standuhr: ein Viertel vier. Zeit genug, ein wenig herumzufahren, ohne zu vielen Menschen zu begegnen. Er wanderte im Vestibül umher und sah sich um. Die Wände waren in Blau gehalten, ein Blau, das ihm eigentlich nie gefallen hatte. Er würde das bei Gelegenheit ändern müssen. Und außerdem fehlte es hier an Dekoration. Weil es der Raum war, den er für das Reiterstandbild Ludwigs XIV. ausgesucht hatte, war er damals der Meinung gewesen, jedes weitere Zierwerk würde nur stören. Aber jetzt fand er, daß der Raum eindeutig zu karg eingerichtet war. Es mußten zumindest ein paar Vasen her, am besten solche aus der Porzellanmanufaktur von Sèvres. Ja, das wäre gut. Ein wenig französisches Porzellan würde auch dem Reiterstandbild des Sonnenkönigs gut stehen, dachte Ludwig. Er ging um das barocke Podest herum und sah zu seinem bourbonischen Namensvetter hinauf. Der französische König saß in hoheitsvoller Haltung im Sattel, den Blick über den Hals seines Pferdes leicht schräg nach links gerichtet, wo Ludwig stand. Er schaute in eine imaginäre Ferne. Ludwig forschte in seinen bronzenen Gesichtszügen. Warum hatte er ausgerechnet von ihm heute nacht so intensiv geträumt? Er versuchte, sich das Gesicht des Traum-Sonnenkönigs ins Gedächtnis zurückzurufen. War es dasselbe gewesen wie das dieser Statue? Nein, er konnte sich beim besten Willen nicht mehr daran erinnern, wie die Gesichtszüge des Bourbonen in seinem Traum ausgesehen hatten.

Da kam Johann wieder herein und meldete, daß die Kutsche bereitstünde. Ludwig nickte zum Zeichen, daß er verstanden hatte.

„Siehst du?" sagte er dann zum Standbild und streifte sich dabei die Handschuhe über. „Alles halb so wild. Ich bin nicht verrückt. Ich fange schon an, den Traum zu vergessen. So wie es sich für einen Traum gehört."

Der bronzene Sonnenkönig antwortete darauf natürlich nicht. Aber er neigte den Kopf. Er sah dem jüngeren Ludwig, der da zu seinen Füßen stand, direkt in die Augen und zwinkerte ihm zu.

1918 – Mittagstisch im Reichstag

„Wenn der Kaiser nicht abdankt, dann ist die soziale Revolution
unvermeidlich. Ich aber will sie nicht, ja ich hasse sie wie die
Sünde."

Friedrich Ebert nach den Erinnerungen des
Prinzen Max von Baden

Die Kartoffelsuppe verhielt sich heute wie ein feindlicher Agent. Sie schmeckte, als wollte sie unerkannt bleiben. Dennoch löffelte der SPD-Abgeordnete Philipp Scheidemann an diesem 9. November brav weiter. Wenn er daran dachte, daß den Menschen in Deutschland nun schon der dritte „Rübenwinter" ins Haus stand, falls es nicht endlich gelang, diesen vermaledeiten Krieg zu beenden, dann war er sogar dankbar dafür, hier eine bezahlbare Mahlzeit zu erhalten, die wenigstens gut durchwärmte.

Er saß bei diesem späten Mittagessen etwas abseits von seinen Parteigenossen allein an einem Tisch. Am anderen Ende des Speisesaals hatte Friedrich Ebert Platz genommen, eine ganze Schar von treuen Genossen um sich herum. Er war seit wenigen Stunden

Reichskanzler, allerdings mit einer recht zweifelhaften Legitimation. Sein Vorgänger Prinz Max von Baden, der selbst nicht mehr weiterwußte, hatte seine Amtsgeschäfte einfach dem SPD-Parteivorsitzenden übergeben. Lächerlich! Wofür hielt von Baden sich? Für den sterbenden Frankenkönig Konrad, der dem Sachsenherzog Heinrich die Insignien der Macht schickt? Sie waren doch nicht mehr im Mittelalter, in dem der Herrscher sich seinen Nachfolger selbst aussuchen konnte! Wer das Amt des Reichskanzlers bekleidete, war seit der Verfassungsreform vom Vormonat zwar dem Parlament verantwortlich und konnte von ihm abgesetzt werden. Eingesetzt wurde der Reichskanzler allerdings immer noch vom Kaiser. Das wußte auch Ebert. Er mußte davon ausgehen, daß er in diesem Amt nur eine Zwischenlösung war. Aber so, wie der Genosse sich gebärdete inmitten seiner Anhängerschar, hatte Scheidemann seine Zweifel, ob er sich wirklich darüber im klaren war. Er jedenfalls machte bei dem Getue um den neuen Reichskanzler nicht mit. Er wollte seine Ruhe. Es war zuviel auf ihn eingestürmt in den letzten Wochen.

„Ist hier noch frei, Genosse Scheidemann?" hörte er auf einmal jemanden fragen. Er blickte auf, und da stand neben seinem Tisch der Abgeordnete Wissell. Zwar wäre er lieber allein geblieben hier in seiner Ecke, aber er wollte nicht unhöflich sein. Mit einer Geste lud er Wissel ein, sich zu setzen. Den Blick auf seinen Teller gerichtet, aß er weiter, konnte aber nicht umhin, eine Bemerkung zu machen. „Warum setzt du dich nicht zu Ebert? Seinen Platz an der Sonne findet ein Sozialdemokrat doch jetzt dort."

„Wohin es einen führen kann, wenn man Ansprüche auf einen Platz an der Sonne geltend macht, haben wir ja wohl schmerzlich genug erfahren[50]", gab Wissel zurück. „Nein, danke. Darauf lege ich keinen Wert." Er tunkte ein Stück grobes Graubrot in die Suppe und biß ab. „Mal ehrlich, Genosse", fuhr er fort, „glaubst du, daß wir aus dieser Krise wieder herauskommen?"

„Krise?" Scheidemann ließ den Löffel in seinen Teller fallen, so daß die Suppe über den Tisch spritzte. Ein paar Tropfen landeten auch auf dem Anzug seines Gegenübers. „Welche Krise? Wir haben den Krieg

---

[50] Der „Platz an der Sonne" ist eine Wortprägung aus dem Jahr 1897, mit der die Kolonialpolitik des deutschen Kaiserreichs gerechtfertigt wurde.

verloren und führen Waffenstillstandsverhandlungen, ohne zu wissen, ob sich das Heer an das Ergebnis halten wird. Der vorige Reichskanzler hat die Abdankung des Kaisers verkündet, obwohl der nichts davon ahnt, und hat dann die Brocken hingeschmissen. Vor zwei Tagen haben die Bayern ihre geliebten Wittelsbacher zum Teufel geschickt und die Republik ausgerufen. Andere folgen ihrem Beispiel und jagen die Fürsten davon. Deutschland fällt in die Kleinstaaterei zurück. Jeder macht, was er will, und diese Arbeiter- und Soldatenräte, die überall wie Pilze aus dem Boden schießen, hat ohnehin keiner unter Kontrolle. – Wie kannst du da von Krise reden?"

„Ich dachte immer, ich wäre zynisch. Aber du bist schlimmer", gab Wissell zurück, und rieb sich die Kartoffelsuppenflecken mit seiner Serviette nur noch tiefer in den Rock hinein. „Sieh es doch mal so. Es ist unsere Stunde. Es ist die Stunde der Sozialdemokratie und auch deine."

„Halt mich da raus, Genosse Wissell."

Wissel hielt inne. „Warum denn? Willst du nicht auch dabeisein, wenn wir einen neuen, besseren Staat formen?"

„Ich geb's ja zu. Auch ich hatte gehofft, mit der Verfassungsänderung die Geschehnisse steuern zu können. Aber diese Chance war in dem Moment vertan, als ein paar Trottel von der Seekriegsleitung glaubten, daß es viel mehr Spaß macht, einen Krieg zu verlieren, wenn auch ein paar Matrosen dabei draufgehen. Ich kann es den Jungs da oben im Norden nicht verdenken, daß sie keinen Heldentod sterben wollten und auf die Barrikaden gegangen sind. Noske nach Kiel zu schicken, damit er sich an die Spitze der Revolutionäre stellt, war zwar eine richtige Entscheidung, aber sie kam zu spät, und jetzt haben wir den Salat."

„Ach was, du Pessimist. Mit dem vierten Jägerregiment an unserer Seite können wir es doch jetzt richten."

„Genosse Wissel, du verkennst die Situation genauso wie Ebert. Die Revolution marschiert nun mal nicht mehr wie früher, sie fährt inzwischen Reichsbahn. Es wird uns nicht gelingen, sie abzufangen, und auch das vierte Jägerregiment wird uns nicht raushauen, wenn der Aufruhr hier ankommt. Dann droht Deutschland die Räterepublik. Und trotzdem liebäugelt Ebert immer noch mit der Monarchie. Wer es allen recht machen will, wird es sich letztendlich mit allen verscherzen. Das war schon immer so. Wie Ebert den Karren wieder aus dem Dreck ziehen will, kann ich dir nicht sagen. Frag Ebert. Guten Tag!"

Scheidemann schob den Stuhl zurück, um seinen Teller wegzubringen, als auf einmal die Tür zum Speisesaal aufgestoßen wurde. Einen Augenblick lang meinte er, Bewaffnete hätten das Gebäude gestürmt und würden die Parlamentarier angreifen, dann aber sah er, daß es nur ein paar Parteigenossen und Gewerkschaftsangehörige waren. Der Anführer, ein Gewerkschafter aus Moabit, sah sich suchend um. Dann eilte er schnurstracks auf ihn zu.

„Philipp", sagte er und faßte ihn am Arm. „Du mußt kommen, du mußt reden. Draußen warten die Leute."

„Ich? Nein!" Scheidemann schüttelte die Hand des anderen ab. „Dort drüben sitzt der Reichskanzler. Laßt ihn zum Volk reden."

Der Gewerkschaftler sah kurz über seine linke Schulter zurück. Dann wandte er sich erneut an Scheidemann und senkte dabei die Stimme: „Philipp, du weißt, daß Fritz kein guter Redner ist. Wir brauchen

einen wie dich. – Karl Liebknecht zieht vom Alexan-
derplatz zum Schloß. Er will die Räterepublik ausru-
fen. Man muß ihm zuvorkommen."

Scheidemann fühlte, wie es in seinem Magen ru-
morte. Man hatte vor wenigen Stunden erst mit Liebknechts Partei, der USPD, Gespräche zur Regierungs-
bildung geführt. Die waren zwar ergebnislos vertagt
worden, doch Liebknecht, dem Scheidemann ins-
geheim unterstellte, Revolution nur deshalb zu machen, weil er sich für den Ausschluß aus der SPD rächen wollte, schien sich um den Stand der Dinge nicht
zu scheren und seine eigenen Pläne zu verfolgen.

„Gut", raunte Scheidemann und stellte den Teller
auf den Tisch zurück. „Ich komme." Er hatte keine
Ahnung, was er den Menschen sagen sollte, aber er
würde etwas sagen. Er würde verhindern, daß sich
Liebknechts Vorstellungen von einer Räterepublik
nach russischem Vorbild in Deutschland verwirklich-
ten – irgendwie.

Er folgte dem Mann, unbemerkt von den meisten
anderen Gästen, hinaus auf den Korridor. Als er auf
einen der Balkone hinaustrat, die zur Siegessäule[51]

---

[51] Bis 1938 stand die Siegessäule vor dem Reichstag.

zeigten, hätte er es beinahe mit der Angst zu tun bekommen. Er war heute schon draußen gewesen, denn im Redaktionsgebäude des „Vorwärts" hatte die SPD halbherzig die Einsetzung eines eigenen Arbeiter- und Soldatenrates betrieben, um sich an die Spitze der Revolution zu stellen, die sie eigentlich nicht wollte. Als die Fraktion in den Reichstag zurückgekehrt war, hatten sich bereits viele Menschen auf den Weg zum Königsplatz[52] gemacht. Inzwischen aber schien ganz Berlin mobilisiert zu sein. Natürlich. Es mußte ja mittlerweile überall auf den Litfaßsäulen zu lesen sein: Der Kaiser hat abgedankt. Schier unüberschaubar war die Menschenmenge, der Scheidemann gegenüberstand – Frauen und Kinder, Arbeiter und Soldaten, letztere zum Teil schwerbewaffnet. Doch von Aufruhr konnte keine Rede sein. Keine drohende Faust, keine Pfiffe, nur freudige Erwartung. Man schwenkte rote Fahnen, Flugblätter und Hüte, als man ihn sah. Tief holte Scheidemann Luft ...

Im Speisesaal des Reichstages derweil hatte Kanzler Ebert sich einen Nachschlag Suppe gegönnt. Sie würden es schon hinbekommen: Sie würden eine Na-

---

[52] heutiger Name: Platz der Republik

tionalversammlung wählen lassen, die dann eine demokratische Verfassung zu beschließen hatte, allerdings keine republikanische. Er würde sich persönlich dafür einsetzen, daß im künftigen Deutschland auch ein Kaiser noch eine repräsentative Rolle spielen konnte, nicht mehr, aber auch nicht weniger. Dann würde es fast so sein wie zu Bismarcks besten Zeiten, mit dem alles entscheidenden Unterschied, daß der Kanzler nicht vom Kaiser bestimmt wurde, sondern vom Parlament. Damit wären alle Interessengruppen im Reich bedient, Monarchisten wie Demokraten, und wenn die USPD mitmachte ... Er konnte diesen Gedanken nicht beenden, denn er fühlte sich an der Schulter angefaßt. Gustav Bauer stand neben ihm und trat verlegen von einem Bein aufs andere.

„Was?" fragte Ebert.

„Scheidemann ...", sagte Bauer. „Er hat soeben vollendete Tatsachen geschaffen. Er hat zum Volk gesprochen und bestätigt, daß die Hohenzollern abgedankt hätten. Er endete mit ‚Es lebe die Deutsche Republik!', und das Volk applaudierte."

„Was?" Ebert schoß von seinem Stuhl hoch. Er fegte Bauer beiseite und wollte aus dem Speisesaal hinaus, als sich die Tür öffnete und Scheidemann den Raum betrat.

„Philipp", schrie er ihn an. „Du hast kein Recht, die Republik auszurufen. Wir hatten ausgemacht, daß eine Konstituante über die Regierungsform entscheidet."

„Dann schau mal nach draußen, Friedrich", antwortete Scheidemann. „Dort steht deine Konstituante, und sie will keinen Kaiser mehr."

„Welche Flausen hast du den Leuten da in den Kopf gesetzt? – Du hast mir in die Suppe gespuckt."

Scheidemann warf einen Blick auf Eberts leeren Teller. „Nein, mein Lieber. Es war Liebknechts Suppe, in die ich gespuckt habe. – Fritz, die Leute wollen die Republik. Ich habe sie ihnen gegeben. Nun sieh zu, daß du was daraus machst."

Seelenruhig ging er zu seinem Platz zurück und räumte sein schmutziges Eßgeschirr ab. Und auf dem Weg zum Sammelregal, wo sich die gebrauchten Teller stapelten, flüsterte er Ebert im Vorbeigehen zu: „Du willst es noch nicht wahrhaben, aber ich habe dir einen Gefallen getan. – Es gibt heute übrigens Milchreis zum Nachtisch. Und ich finde, du solltest mir eine Portion spendieren."

Dies ist das Ende von **NEUES AUS KLIOS ARCHIVEN**. Aber wenn Ihnen diese historischen Kurzgeschichten gefallen haben, dann gefällt Ihnen möglicherweise auch der erste Band:

KLIOS ARCHIVE ISBN 9-783741-237232, 264 S. zu 8,99 € überall im Buchhandel oder als E-Book bei Amazon für 2,99 €